»Papas Haus« USW

AF211341

Traute Leschke

»Papas Haus« USW

Ein kleines Schleswig-Holstein-Kaleidoskop

Bibliografische Information der Deutschen Bibliothek: Die
Deutsche Bibliothek verzeichnet diese Publikation in der
Deutschen Nationalbibliografie; detaillierte Daten sind im
Internet über <http://dnb.ddb.de> abrufbar.

© 2005 Traute Leschke
Herstellung und Verlag: Books on Demand GmbH, Norderstedt
ISBN 3-8334-3686-7

Inhalt

Kurz vor Kriegsende hatten sie ihre Wohnung in Kiel verloren. Bei einem Bombenangriff brannte sie total aus. Nach Kriegsschluss sagte Papa: »Eine Familie gehört zusammen«. Das bedeutete damals viel oder alles. Papa fand draußen am Flemhuder See einen neuen Arbeitsplatz und begann auch dort mit dem Hausbau. Am Seeufer fand sich eine geeignete Baustelle, eine geschützte Kuhle, die mit Schilf, Brennnesseln und Sträuchern überwuchert war. Papa nahm die Axt und haute das Dornengestrüpp ab. Dann mähte er das Unkraut und Schilf. Mit Spaten und Schaufel brachte er mitten in der Wildnis eine ebene Fläche zustande. Als Mama die Grundlage ihres neuen Heimes sah, fing sie an zu heulen. Danach half sie bei der Unkrautbekämpfung. Ihr erster Kommentar: »Ihr müsst euch vorstellen, wir ziehen nach Sibirien«.

Papa ergatterte lange Spundbohlen, die aufeinander gesetzt wurden bis zur Höhe einer Wand. Er schnitt in die Bohlenwände Öffnungen. Eine große und vier kleine. Die große für die Haustür und die vier kleinen für die Fenster. Ein Dachstuhl wurde gezimmert, mit Brettern und Pappe benagelt und geteert. Mit dem Schornstein gab es Probleme. Ohne Steine und Zement kann man ihn nicht mauern. Ersatzweise wurde ein Rohr durch das Dach und bis nach unten gezogen. Ein Rohr, das aus einem Spitzdach hervorschaut, wirkt merkwürdig, fand Papa. Deshalb baute er eine Schornsteinattrappe. Eine viereckige Holzverkleidung, die er rot anmalte und mit weiß, aufgemalten Fugen versahen. Wie bei einem richtig gemauerten Schornstein. Diese Attrappe setzte er um das

Rohr. Ein Fremder merkte nicht sofort den Schmuh. Höchstens bei Sonnenschein, wenn die Strahlen der Sonne durch die Fugen des Schornsteinkastens hindurch leuchteten. Das Haus war rohbaufertig.

Nach 6 Wochen Bauzeit kamen Mama, Frauke und Rolf mit den Resten angesengelter Möbel am See an. In der Stube wuchsen zu dieser Zeit noch die Brennnessel, weil die Fußbodenbretter erst verlegt werden mussten. Die Haustür hatte keine Scharniere. Man stellte sie einfach vor die große Öffnung. Fensterglas fehlte überall. Papa musste erst welches organisieren (eintauschen).

Papa sagte zu den Kindern: »Kommt mit, wir wollen jetzt den »Schwinsmoler« holen. Was hat ein Maler mit Schweinen zu tun. Gar nichts wahrscheinlich, dieser Maler hieß eben so. Der »Schwinsmoler« wohnte auf der anderen Seite des Sees auf dem Damm. Man musste hinüber rudern. Frauke sah sich den Kahn ziemlich skeptisch an. Sie hatte so ein Ding vorher nie gesehen. Er kam ihr vor wie ein Kartoffelkorb. Seit wann kann man in Kartoffelkörben rudern. Rolf machte sich darüber keine Gedanken. Sein Gesicht zeigte keine Ängstlichkeit. Papa musste es schließlich am besten wissen. Und wenn er diesen Korb für ein Boot hielt, dann war es wohl ein Boot.

Der Damm ist ein aufgeschütteter Wall, der den See und die Eider künstlich von einander trennt wegen der unterschiedlichen Wasserstände. Er ist eine verzauberte Wildnis, ein Fleckchen Natur, das kaum jemand kennt.

Der Damm, diese schmale Landzunge zwischen dem kleinen See und dem kleinen Fluss ist Einsamkeit, Schönheit, Wildnis und Träumerei. Wer weiß von ihnen, den schmalen Pfaden, die eigentlich nur etwas zertretenes Gras, auseinander gebogenes Gebüsch, eine Holzstiege über einen Zaun sind. Wer weiß von den kleinen Mulden mit den Gänseblümchenwiesen, von Stachelbeeren und wilden Äpfeln. Wer kennt noch das Gemäuer der alten Schleuse, das mit Ranken der Brombeeren überwuchert ist wie gestopft. Die verfallenen Kammern haben sich mit Weißdornen gefüllt, als wären sie nie für eine andere Aufgabe zuständig gewesen. Wer freut sich über die üppigen Heckenrosenbüsche, deren Zweige, herab hängend oder aufrecht wachsend, von niemandem in ihrem beschaulichen Dasein gestört werden. Eine Fülle von Knospen, mildrosa Flöckchen, manchmal sanft weiß. Hüpfend und tanzend und duftend im Wind. Wer weiß von den Birken, deren Blätter getupfte und gesprenkelte lustige Schatten auf die Erde zaubern. Von den großen hohen Stämmen, die sich dem Wind angepasst und ein wenig zur Seite geneigt haben. Von den vielen kleinen Birkensprösslingen, die der Boden Jahr für Jahr aufkeimen lässt, die dann vielleicht einen schönen geraden und ungebogenen Wuchs erträumen.

Papa fasste Frauke fest an die Hand. Sie setzte vorsichtig ihre Füße in das Boot. Das schaukelte sofort ganz leicht hin und her. Sie schluckte vor Schreck. Aber eine Zimperliese wollte sie nicht sein. Schnell setzte sie sich auf die Holzbank. Genau in die Mitte, damit das Gleichgewicht gehalten wurde. Rolf kletterte wie eine kleine Katze in die Bugspitze, und Papa sprang als Letzter hinein. Das Boot neigte sich bedenklich zum Wasserspiegel. Papa war schließlich kein Fliegengewicht.

Er legte die Riemen in die Dolden, beugte seinen Körper nach vorn. Dann tauchte er die Riemenblätter weit hinter sich ins Wasser und ließ seinen Körper zurück schnellen. Hau ruck, hau ruck, immer im gleichen Rhythmus,. Das Boot bewegte sich ruhig und gleichmäßig vorwärts. Frauke verlor langsam ihre Furcht. Ihre Hände lockerten sich und lösten sich von der Holzbank. Sie konnte sogar ihre Hand ins Seewasser tauchen. Das Boot neigte sich dabei ein ganz klein wenig zur Seite. Um ihre Finger bildeten sich winzige Strudel.

Der »Schwinsmoler« trug seinen Namen vielleicht doch nicht ganz zu unrecht. Er hatte farblose, wässrige Augen und große, abstehende Ohren. Seinen Kopf hielt er immer etwas schief. – Wenn man mit einem Schwein spricht, hält es auch seinen Kopf schief und blinzelt aus farblosen Augen. – Seine Worte kamen stoßweise heraus, öh, öh, öh. Und wenn dies alles noch nicht genügte, um seinen Namen ausreichend zu begründen, dann war es vielleicht sein ausgeprägt sonderbarer Geschmack.

Der »Schwinsmoler« rührte zwei Eimer Kalk an, schüttete in den einen etwas blaues Farbpulver, in den anderen etwas rotes. Rührte gründlich um und tünchte die Wände im Haus. Das eine Zimmer hellblau (Schlafzimmer), das andere rosa (Wohnzimmer). Fertig. Er versprach, die Wände später künstlerisch mit Ornamenten zu verschönern. Dann ließ er sich wieder über den See schippern und vergaß sein Versprechen.

Die Wände waren schlicht hässlich. Aber es gab

1945 nach dem Ende des Krieges kaum eine Familie, die sich daran gestört hätte. Hauptsache, die Familie war zusammen.

Papa gehörte zu den Erfindern. Er erfand ständig kleine Dinge zur Verbesserung der Wohnsituation. So zum Beispiel die Deckenisolierung. Der Winter würde bald kommen. So isolierte er die aus Brettern zusammen genagelte Decke über den Zimmern von oben mit einer Lehmschicht. Die feuchte Masse wurde von oben auf die Bretter gestampft. Das sollte die Kälte abhalten. Leider trocknete die Lehmschicht bald aus, weil sie wohl nur aus feuchtem Sand bestanden hatte. Und im Winter rieselte der Sand durch die Ritzen in die Stuben.

Papa erfand den Schornstein-Rohrreiniger. Das war ein langer beweglicher Draht mit einem Stofflappen am unteren Ende. Papa kletterte auf das Dach und stopfte den Draht mit dem Stofflappen zuerst in das Schornsteinrohr. Dabei schrie er laut:« Kommt was? Kommt was?« Mama stand unten an der offenen Herdklappe und schrie zurück: »Kommt nichts! Kommt nichts!« Und dann kam doch was. Der Rußpfropfen im Rohr löste sich. Eine schwarze Wolke schoss aus der Herdklappe heraus und machte Mama für mehrere Tage ganz schwarz. Denn Ruß ist fettig und lässt sich nur schwer abwaschen. Zumal Seife zu den Raritäten gehörte. Irgendwie misstraute Mama nun doch Papas Erfindungen. Was ihn keinesfalls hinderte, weiter über Verbesserungen nachzudenken.

Zum Beispiel erfand er den Holzpflug zum Kartoffelhäufeln. Ein hölzernes Dreieck mit einem Griff hinten, wie bei einem Rasenmäher. Vorn an das Dreieck mache Papa Bänder fest. Mama und Frauke ließ er wie Pferde die Bänder ziehen. Er drückte hinten den Griff nach unten und damit den Kartoffel-Häufel-Pflug in die Erde. So konnten sie ein kleines Stück urbar gemachtes Land in der Wildnis mit Kartoffeln bepflanzen und das Häufeln mit dem Holzpflug erledigen. Viel schneller als mit der Hacke. Aber Mama mochte irgendwie nicht Pferd sein. Lieber mochte sie die Hacke schwingen.

Ebenso erfolgte der Getreideanbau. Ein Stück Land wurde von Papa mit Getreide abgesät. Das Korn wurde zur Erntezeit abgemäht und in Hocken gebunden. Dann erfolgte die Ernteeinbringung mit einem klapprigen Bollerwagen. Die Erntehelfer Mama, Frauke und Rolf müssen beim Beladen des Bollerwagens etwas geschielt haben. Jedenfalls schmissen sie die ganze Ladung in einer durchaus kleinen Kurve um. Der Bollerwagen musste mit samt den Korngarben mühsam wieder aufgerichtet werden, wobei Papa erheblich fluchte und die Erntehelfer sich hinter den Strohbüscheln versteckten, um ihren Lachanfall hinter sich zu bringen. Der Bollerwagen kam dann aber ohne weitere Zwischenfälle am Haus an.

Die Kornähren wurden nun in Säcke gesteckt, auf die Papa mit einem Knüppel schlug, bis die Körner sich aus den Ähren gelöst hatten. Die Körner waren wichtige Ernährungsgrundlage für Mensch und Tier.

Papa hatte nach dem Hausbau inzwischen ein Klo-Häuschen und einen Stall errichtet. Der Stall reichte für ein Schwein, einige Hühner, einige Enten und zwei Gänse.

12

Papa erfand dann noch die Farbe »Eiche-Natur«. Das war ein leuchtendes Kack-Gelb. Nicht nur, dass er Fensterrahmen, Türen und Abschlussleisten des Pappdaches mit diesem wunderschönen Farbton verzierte. Alles, was er an Einbauschränken und sonstiger Inneneinrichtung baute, und er baute ja ständig, erhielt dieses Kack-Gelb. Sogar Bilderrahmen wurden so von ihm geschmückt. Er muss diese Farbe geliebt haben, denn er hat sich sein Leben lang nicht von ihr getrennt.

Im Laufe des Sommers 1945 siedelten sich mehrere Flüchtlingsfamilien und in Kiel ausgebombte Familien in Holzhäusern und Baracken am Flemhuder See an. So entstand in einer Entfernung von 3 km zum Dorf eine Kleinsiedlung, die ihr Eigenleben entwickelte. Jedes Bauamt kann nur von so viel Eigeninitiative und so viel ungenehmigter Bautätigkeit träumen.

Frauke und Rolf gefiel es, so zu leben, wie sie lebten. Zwischen Schilf, Sträuchern und Gras direkt am See aufzuwachsen. Frauke entdeckte, dass die nicht ganz reinrassige Terrierhündin einer Nachbarin 6 Junge hatte. Und sie fragte nach, ob sie eines davon haben könnte. Die durfte sich einen kleinen Hund aussuchen. Die Frau war froh, eines der kleinen Tiere los zu werden, weil die Ernährungsfrage für Menschen und Tiere große Probleme bereitete.

Also rannte Frauke zu Mama und sagte:«Wir brauchen einen Hund. Eben habe ich eine Frau getroffen, die mir einen schenken will. Die hat nämlich 6 Stück. Ich soll bloß hinkommen und einen aussuchen«. Falls Mama etwas gegen einen Hund hatte, so sagte sie es jedenfalls nicht. Und Papa war natürlich für den Hund. Die Hundemutter war die Abart eines Terriers, der Vater wahrscheinlich ein Dackel. Die Ergebnisse dieser Hundeliebe waren Mischlinge mit teils braunem, teils schwarz-weißem, teil lockigem, teils glattem Fell. Die Kinder suchten sich ein winziges schwarz-weiß-braunes Etwas mit Dackelbeinen, glatten Fell, Terrierohren und Ringelschwanz aus. Die Schädelknochen waren schwerer als das ganze Hintergestell. Beim Trinken machte dieser kleine Hund einen Kopfstand in der Milchschüssel, weil sein Hinterteil so mager war und leichter als sein Kopf. Nachdem die Kinder diesen Hund etwa fünfzigmal umgetauft hatten, gaben sie ihm seinen endgültigen Namen: »Fips«. Fips entwickelte sich zu einem rattenbeißenden, hinterhältigen Kläffer und war der treueste Hund von der Welt. Nur Mama durfte ihn auf den Arm nehmen bei großer Gefahr, d.h. wenn ein anderer Hund ihm ans Fell wollte.

Mama und Papa holten mit der Schubkarre Mutterboden und fuhren die Erde nach und nach in den Schilfgürtel. So entstand vor dem Haus ein Garten, der zum See hin immer ein paar Quadratmeter größer wurde. Die Kinder sammelten Ableger von Sträuchern, von Steinkräutern und Blumen, kleine Tannen, kleine Kastanien, die unter einem großen Kastanienbaum an der Chaussee wuchsen. Die Esche vor der Haustür war anfangs genauso groß wie Rolf. Innerhalb der nächsten Jahre schoss sie gewaltig in die Höhe und ragte dann über das Dach hinaus.

Papa arbeitete in der Firma gleich nebenan. Sie machten Befestigungen am Kanalufer in Ordnung und

Spundwände im Kieler Hafen. Die Werkstatt lag 100 m vom Haus entfernt. Papas Freunde waren die Kapitäne der Schlepper Pirat I und Pirat II und ihre Familien. Die Schiffe gehörten ebenfalls zur Firma. Sie mussten die Dampframme und die Schuten ziehen. Pirat I war der größere Schlepper, rundlich und breit und doch wohl ganz schön seetauglich. Pirat II war kleiner und schlanker, mehr so die Form wie ein Papierschiff. Beide Schiffe hatten schwarze Rümpfe und gelbe Schornsteine mit einem schwarzen Rand. Beheizt wurden sie mit Kohle. Und wenn sie in den See eintuckerten, konnte man sie an ihrer schwarzen Rauchwolke gleich erkennen. Und sie tuteten natürlich, wenn sie an der großen Holzbrücke festmachten.

An das Gelände der Firma schloss sich ein Gebiet an, das von englischen Soldaten bewacht und besetzt war. Hier gab es unterirdische Bunkeranlagen, einen Lokschuppen mit einer Diesellok und einer Dampflok und die ÖRA, eine Ölraffinerie. Eine Pipeline führte unterirdisch zum Kanal. Dort wurden während des Krieges Schiffe betankt. Jetzt sprengten die Engländer die ganzen unterirdischen Anlagen und Fabrikgebäude. Es entstand eine Mondlandschaft aus Betonblöcken und dunklen Schächten, die ungeordnet in der Erde verschwanden. Ein unterirdisches Niemandsland. Rolf und Frauke und die anderen Kinder der Siedlung durften in diesen Gängen nicht spielen. Aber sie hatten bald einen Trampelpfad zwischen Betonblöcken und Erdlöchern hindurch zum Seeufer. Und dort, wo See und Kanal sich trafen, gab es die Badestelle für die Siedlungskinder und die Kinder aus dem Dorf.

Pirat I und Pirat II waren eilige kleine Schlepper, die die Schuten mit Schlammassen aus der Fahrrinne des Kanals an das Ende des Sees brachten. Der Schlamm in den dickbäuchigen, schwerfälligen Schuten wurde von einem Spüler aufgesogen und vermischt mit Seewasser durch Rohre auf die Spülfelder, aufgespülte Äcker um den See herum, gepustet. Während einer solchen Schlammpusteaktion krachte und polterte es in den Rohrleitungen. Und der sonst so friedliche See verfärbte sich gelblich durch den Schlamm. Die Angler rollten ihre Angelruten ein und warteten auf friedlichere Zeiten.

Das Schilf am Seende verschwand knisternd unter den aufgespülten Schlammwogen. Die Maschinen pumpten Tag und Nacht. Die Männer an den Maschinen standen auch die ganze Nacht dabei, bis die Schuten endlich geleert waren.

Zu Papas Erfindungen gehörte die Bereifung für Mamas klappriges Fahrrad. Er stellte sie aus einem Gartenschlauch her. Diese Bereifung war haltbar und konnte nie die Luft verlieren. Sie war aus Hartgummi. Mama rumpelte mit ihrem Gefährt über die Kopfsteinpflaster der Dörfer und stand mit den anderen Frauen beim Kaufmann in der Schlange nach Brot und Milch an. Sie war immer zu hören, wenn sie mit dem Fahrrad herannahte. Sie brauchte nie eine Klingel.

Mit dem Fahrrad transportierte Mama eines Tages auch das Ferkel heran. Das hieß Migge und sollte einmal zur Familienernährung beitragen. Irgendwie durften Schweine zu der Zeit nicht gehalten und geschlachtet werden. Aber in der Siedlung hielt sich niemand an solche Vorschriften. Auch an Bord von Pirat I gab es ein Schwein, das hieß Felix. Papa war dem Schwein Migge sehr zugetan. Er bürstete und streichelte es und führte mit ihm Gespräche. So wurde es ganz zahm und zutraulich. Und als über seine Schlachtung gesprochen wurde, da verfiel Papa in Trauer. Er besorgte sich in der Siedlung, wo irgendwo eine Schnapsbrennerei war, eine Flasche Rübenschnaps und nahm an der Schweineschlachterei nur noch im Tran teil.

Mama und der per Fahrrad angereiste Hausschlachter erledigten das schon. Das Schwein Migge kriegte eins mit der Axt vor den Kopf. Dann wurde es vom Schlachter fachgerecht abgestochen. Mama fing das Blut in einer Schüssel auf und rührte es ständig. Für Blutwurst und Schwarzsauer. Das Schwein wurde in einen Brühtrog gewuchtet, mit heißem Wasser übergossen und abgeschabt. Dann wurde es am Bauch aufgeschnitten, auf einer Leiter befestigt und mit der Leiter an der Hauswand aufgestellt zum Abkühlen. Danach zerlegte es der Schlachter. Und sofort begann in der Küche die große Kocherei und Wurstmacherei. Auf Pirat I kam für Schwein Felix zur gleichen Zeit das Ende. Er wurde zerlegt und im Boot herangebracht und bei Mama in der Küche verarbeitet. So entstanden Braten in Gläsern und Würste im Schweinedarm. In der Küche roch es gewaltig nach Fett.

Nachdem jedes Stückchen von Schwein Migge und Schwein Felix verarbeitet war, begann eine Riesenputzerei. Als der Dorfpolizist mit einer anonymen Anzeige auftauchte und fragte, ob hier eine

Schwarzschlachterei stattgefunden habe, gab es keinerlei Spuren mehr. Und so zog er wieder ab, ohne etwas bemerkt zu haben. Was er sicherlich auch nicht wollte.

Das Klo, das Papa gebaut hatte, war ein Sommerklo. Holzkasten mit Tür und Herz über einer Grube neben dem Schweinestall. Also wirklich, im Sommer konnte man dort sitzen und über den See schauen. Besonders morgens war es schön, wenn die Sonne allmählich hochkam. Bis der Ruf erschallte:«Bist du bald fertig?» Das konnte so richtig störend sein. Im Winter pfiff der Wind um das Häuschen. Kälte kroch durch alle Ritzen. Ganz schlimm war es bei Schnee, der kam durch die Holzspalten und das Herz, und manchmal lag er auf der Klobrille. Das machte den Ruf »Bist du bald fertig?« total überflüssig.

Aber dann begann Papa wieder mit einem größeren Projekt, einer Waschküche. Das war ein Schuppen, in dem einen Waschkessel aufgestellt wurde, den man mit Holz heizen konnte. Papa mauerte eine Badewanne und putzte sie mit Zementmörtel ab. Irgendwie schon ein Hauch von Luxus, die Badewanne. Nur kalt war sie am Hintern. Deshalb heizte Mama am Badetag den Waschkessel rechtzeitig an

Und sorgte so für Mengen von heißem Wasser. Die ersten Eimer waren nötig zum Badewannen-Anwärmen. Und dann kam hinterher heißes Wasser zum Baden. Und dann kamen die Kinder hinein, und Frauke und Rolf fanden den Badetag richtig schön.

Mama nutzte den Waschkessel auch noch zum Zuckerrübenkochen für Sirup. Sie war so erfinderisch in der Kochkunst, dass sie aus verfrorenen Kartoffeln noch Kartoffelklöße kochen konnte. Und Kartoffelklöße mit Sirup und Speck waren ganz was Feines.

Im Winter las Papa aus dem zerfledderten Balladenbuch vor, wie Der Reiter über den gefrorenen See reitet und es gar nicht bemerkt hat, dass es unter ihm ganz tief runter geht. Aber er kam immer gut ans andere Ufer. Oder Papa las den »Erlkönig« vor, der sehr dramatisch und so schön traurig war. Und Rolf und Frauke hörten jedes Mal tief beeindruckt zu. Und die Gedichte von Klaus Groth, die sagte Papa auswendig auf und manchmal ein Stück aus der Bibel, was er noch aus seiner Konfirmandenzeit kannte, weil er dort alles auswendig gelernt hatte. Ganz schön war es, wenn er die Quetsche hervorholte und mit den Kindern sang »Blaue Jungs von de Waderkant« und »Wo de Nordseewellen trecken an den Strand« und »Wir sind die Friesenkinder«. Diese Lieder kannten Rolf und Frauke auch auswendig.

Und wenn die »Piraten« kamen, dann gingen die Erwachsenen zum Tanzen ins Flüchtlingslager. Der Saal war am Tag Schule mit Faltwänden und Schulbänken, am Sonnabend Tanzlokal und donnerstags Kino. Frauke und Rolf hatten dort mit Kindern aus Pommern, Ostpreußen, Kiel und aus dem Dorf zusammen Unterricht. Der Lehrer stammte aus Memel und war sehr musikalisch. Er übte mit den Kindern »Ännchen von Tharau« und »Die Gedanken sind frei«, und beim Dirigieren seines Schulchores schloss er immer die Augen, was Frauke sehr beeindruckend fand.

Mittags gab es für die Kinder eine Schulbespeisung, die in Blechbottichen angeliefert wurde. Darum hatten die Kinder in den Schultaschen ein Essnapf und einen Löffel. Und wenn es ganz gut roch nach Mittagessen, dann kamen plötzlich Ratten aus den Ritzen im Fußboden, die wohl auch mitessen wollten. Die Kinder setzten sich lieber oben auf ihre Schulbänke zum Essen, denn die Ratten waren ihnen unheimlich. Der Lehrer übte mit den Kindern Lieder für die Weihnachtsfeier ein. Und Frauke sollte die Weihnachtsgeschichte aufsagen in einem Engelsgewand. Das machte Mama aus einem zusammen gefalteten Bettlaken. Und den Heiligenschein bog Papa aus Draht zu einem etwas wackeligen Gestell, das Frauke auf den Kopf bekam wie eine Krone. Natürlich hatte Papa das Gestell mit Bronze vergoldet. Und Mama opferte noch die Flügel einer geschlachteten Gans und befestigte sie an dem Bettlakengewand, so dass Frauke richtig engelhaft aussah. Und beim Aufsagen der Weihnachtsgeschichte, als der ganze Schulsaal voll war mit Kindern und Eltern, da hat sie sich kein einziges Mal verhaspelt.

Die Tanzereien der Erwachsenen, zu denen Mama und Papa mit den Leuten von Pirat I und Pirat II gingen, waren nicht immer harmonisch. Wenn es zu einer Messerstecherei kam, dann waren die Erwachsenen schnell wieder zurück und feierten in der Stube weiter. Papa holte die Quetsche, und die Erwachsenen sprangen wie verrückt um den Tisch und setzten sich die Papierschirme von der Lampe auf den Kopf. Sie tranken Rübenschnaps und waren sehr fröhlich. Die Kinder saßen ganz still auf der

Treppe und schauten zu, obwohl sie eigentlich längst schlafen sollten. Papa wurde Pflanzer. Weil nämlich Mama mit Sellerie-, Porree- und Tabakpflanzen nach Hause kam. Ein kleines Stück Erde am Haus machte Papa zur Tabakplantage. Frauke und Rolf bekamen jeder fünf Pflänzchen, auf die sie selbst aufzupassen hatten. Und sie passten auf. Das ist so, als ob man auf Tomatenpflanzen aufpassen muss. Die wilden Triebe werden abgeknipst, damit die übrigen Blätter stark und groß werden. Und sie wurden stark und groß und der Stamm ziemlich hoch. Die Tabakernte ging so, dass die großen Blätter abgepflückt und auf einen Draht gezogen wurden zum Trocknen. Nach dem Trocknen kamen der Feinschnitt und Papas Tabak-gewürz-Geheimnis. Weil jeder Tabakfabrikant sein eigenes Rezept hat, das dem Tabak den besonderen Geschmack gibt. Wenn Papa seine Pfeife anzündete, mit eigener Marke Siederstolz, vertrieb er die Fliegen.

Zu einer wichtigen Person im Kreise der Neusiedler wurde Frau Hedwig, die Schneiderin. Sie muss über ein Multitalent verfügt haben. Denn die Stoffauswahl, die ihre Nachbarn und Kunden herbeibrachten, zeichnete sich mehr durch Fantasie als durch Qualität aus. Frauke und Rolf bekamen Hosen aus einer Wolldecke, sehr kratzig. Dann gab es Sommerröcke aus Fahnenstoff, rot, und die Sommerkleider aus Übergardinen, orang-weiß-gestreift, zeichneten sich durch Einmaligkeit aus. Frau Hedwig besaß einige zerfledderte Schnittmuster und eine alte Nähmaschine. Bezahlt wurde überwiegend mit Naturalien, ein paar Eiern, einem Stückchen Speck, etwas Sirup.

Aber die Auftragslage in Frau Hedwigs Schneiderstube war hervorragend.

Im Übrigen wurde geräufelt. Jeder alte Strumpf, jeder Pulloverrest. Eine Sonderaufgabe für die Kinder. Mama verarbeitete jeden Wollrest neu, und das Spinnen von Wolle erlernte sie auch. Es entstanden Pullover aus Resten und Schafwolle. Frau Hedwig nähte bis tief in die Nacht hinein, Mama strickte die Nächte durch. Nur Schuhe wurden zum Problem. Zum Schulfest im Sommer bekam Frauke welche mit einer Holzsohle und einem harten Überstoff. Nach dem Umzug der Kinder mit Musik durchs Dorf waren die Füße durchgescheuert. Aber beim Kindertanz verging der Schmerz. Und da Frauke barfuss nach Hause ging, konnte dies seltsame Schuhwerk ihr keinen Schaden mehr machen.

Manchmal herrschte Trauer unter den Neusiedlern, wenn ein Unglück eine Familie besonders getroffen hatte. Das war, als die kleine Ingrid nach draußen marschierte und mit dem Gesicht in den Tümpel fiel. Sie erstickte, obgleich der Tümpel nur ganz wenig Wasser hatte. Ihr Vater kam weinend zu Papa und bat ihn, einen kleinen Sarg zu bauen. Und Papa machte das nach Feierabend in der Werkstatt der Firma. Ein winziger Sarg. Und der Vater von Ingrid wollte, dass er weiß wurde. Papa baute den kleinen Sarg und strich ihn weiß an. Und alle Nachbarn liefen zusammen und sahen sich den kleinen weißen Sarg an, bevor Ingrid darin weg getragen wurde. Alfred, der 17-jährige Nachbarjunge, der beim Angeln ausgerutscht und mit seinem Brustkorb auf die Eisenstäbe eines Pontons gefallen war, eine Operation konnte ihm nicht mehr helfen, bekam einen schwarzen Sarg von Papa. Papa vermischte Kleister mit Kohlenstaub. Der Sarg glitzerte ein bisschen, wenn die Sonne durch die Werkstattfenster fiel. Die Griffe strich Papa mit Silberfarbe an. Und alle Nachbarn besahen sich auch dieses Kunstwerk, bevor sie den Jungen Alfred auf seinem letzten Weg zum Friedhof begleiteten.

Für die Bewohner der Siedlung entstand ein besonderer Einkaufs-Transport-Service zum Dorf, wo es Milch gab und manchmal Brot. Und dann musste Mama nicht mit dem Fahrrad los. Das war, wenn der Lokführer der ÖRA, der ja nun keine Ölwagen mehr fahren durfte wegen der Engländer, die Lokomotive anschmiss. Entweder die Diesellok oder die Dampflok. Dann konnten die Frauen und Kinder in der Lok mit ins Dorf bis zum Verladebahnhof fahren. Und das taten sie selbstverständlich auch. Frauen und Kinder kletterten in die Lokomotive. Der Schienenstrang lag neben dem Feldweg, bis hin zum Verladebahnhof im Dorf. Und da kletterten sie alle wieder heraus. Eine Stunde später ging es in gleicher Besetzung zurück in die Siedlung.

Ein besonderes Angebot des Lokführers für die Kinder waren die Fahrten zur Kindertanzstunde ins Dorf, einmal in der Woche von 4.00 bis 6.00 Uhr. Frauke ging zusammen mit dem Jungen aus der Nachbarhütte zum Tanzunterricht. Und Mama und Rolf und die Nachbarin fuhren als Begleitung in der Lok mit. Rolf fand das Gehopse ziemlich doof, und ganz besonders doof fand er den Stinkstiefel Hans, das war der Nachbarjunge. Weil der immer mit seiner Schwester tanzte. Aber Hans und Frauke lernten

Polka und Wiener Walzer und Langsamen Walzer, ganz ernsthaft und aufmerksam. Und es gab einen großen Abschlussball für die Kinder. Da kamen sie alle in selbstgeschneiderten Kleidern und selbstgestrickten Pullovern und hatten ein sehr schönes Tanzfest.

Mit der Sprengung der Ölraffinerie und der Bunkeranlagen demontierten die Engländer dann am Ende auch den Schienenstrang vom Dorf zur Siedlung, und die Lokomotiven und der Lokführer verschwanden spurlos.

Papa war eigentlich kein Jäger, eher ein Angler. Weil er sich für Jagd nicht interessierte. Aber ab und zu verwandelte er sich, wenn nämlich der Speisezettel vervollständigt werden musste. Auf dem Gelände der Firma lagen Stapel von Eisenrohren. Und unter diesen Rohren wohnten Wildkaninchen ungestört und in großen Mengen. Nur manchmal kam Not und Gefahr über sie. Das war, wenn Papa mit dem aufgeregten Hund Fips und Frauke und Rolf sich dem Kaninchenrevier näherte. Papa schrie und klopfte auf die Eisenrohre, Fips kläffte fürchterlich. Die Kaninchen wurden hochgescheucht, hoppelten hin und her, ab und zu verschwand eines in einem Rohr. Die Kinder hatten von ihm einen Sack in die Hand gedrückt gekriegt. Nun zeigte er ihnen, in welchem Rohr ein Kaninchen verschwunden war. Frauke und Rolf rannten ans andere Ende des Rohrstapels. Wenn man in das Rohr, das Papa ihnen gezeigt hatte, hinein schaute, konnte man das zusammen gekauerte Kaninchen sehen. Die Kinder stülpten den Sack über das Rohrende. Der Hund kläffte aufgeregt, weil er vom Jagdfieber geschüttelt war. Papa nahm einen langen Draht mit einem Lappen vorne dran, den schob er langsam in das Rohr. Das Kaninchen fühlte sich bedroht von dem Draht und dem Lappen und zog sich weiter in das Rohr zurück. Und schwups, zappelte es in dem Sack, der von den Kinder fest zugehalten wurde. Der Braten saß in der Falle. Leider klang das Jagdfieber bei Fips nicht sofort ab. Er sprang nach Beendigung des Kaninchen-Fang-Unternehmens am Stall des Hauskaninchens so lange hoch, bis der Verschlussbolzen an der Stalltür sich öffnete. Das schwarz-weiße Hauskaninchen hüpfte neugierig heraus und wurde von dem Hund im Jagdfieber erlegt. Mama fand das gar nicht gut, als sie ihr stattliches Schwarz-Weiß-Kaninchen tot im Garten fand.

Papa kam einmal zu einem Schatz, den er besonders hütete. Das war ein Liegestuhl aus Holz. Als Papa diesen Liegestuhl auftrieb, bestand er aus einem Haufen Holzstückchen, total auseinander gefallen. Papa fügte die Holzteilchen wieder zusammen, leimte und hämmerte tagelang. Am Ende war es wieder ein hölzerner Liegestuhl, der vor der Haustür aufgestellt wurde. Nur zur Zierde. Denn niemand in der Familie wagte, sich in dieses Prachtstück zu setzen. Und Papa betrachtete sich dieses wieder erstandene Kunstwerk und murmelte vor sich hin:«Hoffentlich kommt Klara nicht.« Schwägerin Klara, Mamas ältere Schwester, groß, dick, munter, neugierig. Papa liebte sie nicht. Aber die muntere, neugierige, dicke Klara kam. »Oh«, rief sie entzückt, »ein richtiger Liegestuhl«. Setzte sich mit ihrem dicken Hintern

hinein, und es gab einen großen Krach. Der Liegestuhl war wieder in seine Einzelteile zerfallen. Klara
saß mit ihrem Hintern auf der Erde. Und Papa verschwand zum Angeln im Schilf und kam an diesem
Tag nicht mehr zum Vorschein.

Papas Haus ist verschwunden. Alle Häuser und
Hütten der Siedlung sind verschwunden. Die jungen
Leute sind fortgezogen. Die älteren Leute folgten ihren Kindern. Die Hütten und die Brücke wurden ab-
gerissen. Den See, den gibt es noch. Unbewohnt und
völlig abseitig liegt er da. Über die Spülfelder führt
jetzt eine Autobahn. Und wenn du stehen bleibst und
horchst, dann ist da nicht mehr der Gesang der Vögel,
dann ist da der unendliche Strom von Motorengeräu-
schen, der an dein Ohr dringt.

Papa – Tischler auf der Germania-Werft

Umzug an den Flemhuder See (Sibirien)

Haus des Schwiensmohlers

Haus des Schwiensmohlers

Bootspflege

Das Haus

Das Haus

Viel Schilf, wenig Garten

Nachbar mit Hütte

Der Nachbar liefert Pflanzenableger

Papa geht zur Firma

Die Firma

Besuch von Pirat I

Das Haus im Winter

Klassenfotos Lagerschule Groß Nordsee

Feier mit den Piraten

Gefeiert wurde bei jeder Gelegenheit

Glückliche Kindheit am See

Lagerschule

Familienfoto mit Tante

Mimosen

»Mimosen, mein Gott, wie lange ist das her. Seit dem letzten Strauß!« sagte sie und lachte. Aber nicht auf ihre selbstsichere Art, nicht auf ihre sonst boshafte Weise. Ganz anders lachte sie, wirklich ganz anders. Dabei kannten wir uns schon so lange. Wir arbeiteten gemeinsam in einem Büro, seit vielen Jahren. Wir kannten uns so gut, dass wir oft nicht mit einander sprechen mussten, um uns zu verstehen. »Magst du Mimosen nicht?« fragte ich. »Doch, klar. Ich finde sie schön, jetzt im Winter. Aber sie erinnern mich an ein Erlebnis in meiner Jugend. Das ist so lange her. An Liebe erinnern sie mich, an meine ganz erste Liebe. Ich habe dir doch davon erzählt, von dem See und dem Holzhaus in der Wildnis. Aber da gab es Thies, und von dem habe ich dir nichts erzählt. Weißt du, ich hatte ihn vergessen. Bild: Glückliche Jugend am See

Es ist wirklich lange her«.

Sie stellte die Mimosen in die Vase. Ich hatte mir Mühe gemacht, Blumen auszusuchen, die ihr gefallen würden. Und nun erzählte sie mir die Geschichte ihrer Mimosen.

Sie begann gleich nach dem Krieg, die Geschichte von Thies und den Mimosen. Thies war ein Schulkamerad. Auch an die Schule hatte sie über all die Jahre nicht mehr gedacht. Eine Barackenschule in einem winzigen Dorf in Holstein. Eine Schule in einem Flüchtlingslager so um 1947. Hier kamen sie zusammen, die Kinder aus Ostpreußen und Pommern, die Kinder der in Kiel ausgebombten Familien und die Dorfkinder, die in diesem kleinen Ort zu Hause waren. Eine Barackenschule. Ein Saal in einer Baracke, den man durch Faltwände trennen konnte. Morgens waren Schulbänke aufgestellt. Abends gab es hier Kinovorstellungen und am Sonnabend Tanz. – Thies gehörte zu den älteren Schülern. Vier Jahre älter als ich. Während unserer gemeinsamen Schulzeit war es unter seiner Würde, sich mit Mädchen meines Alters zu beschäftigen. Nach seiner Schulentlassung verschwand er aus unserer Gegend. Vielleicht kam er in ein Jugendaufbauheim. Ich weiß das nicht. Jedenfalls waren seine Eltern tot. Seine älteste Schwester sorgte für den Zusammenhalt der Familie. Fünf Geschwister, sie lebten in diesem Flüchtlingslager.

Als ich Thies wieder sah, war er ein richtiger, ausgewachsener Mann. 21 Jahre alt. Etwas knochig, etwas schlacksig, aber doch sehr erwachsen in meinen Augen. Und er trug einen Hut, einen weichen Hut, der sehr lässig auf seinem Kopf saß. Ich war beeindruckt, 17 Jahre alt und tief beeindruckt. Er trat so sicher auf. Ein bisschen boshaft, ein bisschen frech und herzlos kam er mir vor. Ich fand ihn großartig, aufregend. Ich habe mich, glaube ich, sofort in ihn verknallt.

Plötzlich sehe ich alles wieder vor mir. Den Bootssteg, das Holzhaus, doch mehr eine Hütte. Den See. Ich lag oft auf dem Steg und starrte ins Wasser, das mein Gesicht widerspiegelte. Oder ich lag da, ließ meinen Körper in der Sonne schmoren und hampelte mit den Füßen in der Luft herum.

Glückliche Jugend am See

Glückliche Jugend am See

Es kribbelte in mir. Ich konnte mich nicht entspannen. Ich wartete auf Thies.

Thies war Kaufmann geworden. Das passte zu ihm, zu seinem Auftreten. Zu seiner klirrenden, etwas brüchigen Stimme, die angenehm ins Ohr klang. Ein wendiger junger Mann. Er kam damals aus beruflichen Gründen regelmässig in unsere Gegend, besuchte alte Schulfreunde und knüpfte neue Freundschaften mit inzwischen erwachsen gewordenen Schulkolleginnen an. Dabei bediente er sich der für ihn sehr erfolgreichen Methode, sich von Schulfreundin zu Schulfreundin ins rechte Licht rücken zu lassen. So entdeckte er auch mich wieder. Und allem Anschein nach war er hoch erfreut über diese neue Fundsache.

Da lag ich nun auf der grauen, hölzernen Planke und hatte nichts besseres vor als auf ihn zu warten. Mir sein spöttisches Geflüster, sein zärtliches Geraune, das mich so unvorbereitet, so ungeschützt getroffen hatte, wieder und wieder vorzustellen. Ich hatte so etwas bisher nicht erlebt. Bis plötzlich tatsächlich seine Stimme an mein Ohr drang und mich in Eis und Feuer zugleich tauchte.

»Barbara«, sagte er, »Barbara, träumst du?« Ich mochte nicht meinen Kopf rühren, war unfähig, mich von der Tatsächlichkeit seiner Stimme zu überzeugen. Ich ließ meine Arme sinken, tief, tief in das sanfte, kühle Seewasser. Das war jedenfalls wirklich. Mit der Hand konnte ich die Nässe greifen. Ich zog die Arme dann mit so viel Schwung durchs Wasser, dass mir die Tropfen ins Gesicht sprühten und über Nase und Wangen durchs Gesicht liefen. »Hallo«, sagte ich, »hallo, Thies, wie geht es dir?«

Ich sehe ihn vor mir, wie er den Abhang zum Steg hinunter kletterte. Sich herunter hangeln musste, seine langen, knochigen Glieder der Schrägung anpassend. Sein Haar, struppig und voll, heute ohne Hut. In der Farbe von trockenem Schilf. Es fiel ihm ins Gesicht. Er schob es ungeduldig zurück. Seine Augen waren hellgrün, lebhaft, mit dem etwas spöttischen Ausdruck tief drin.

Er setzte sich ohne viel Gerede neben mich. So selbstverständlich, dass ich nicht weiter über meine Erstarrung nachdenken mußte. »Deine Haare«, sagte er, »deine Haare sind wunderschön.« Und seltsam, ich, die ich meine roten Haare immer verflucht hatte, denn als Kind waren sie mir immer nur lästig, ich glaubte ihm in diesem Moment. Vielleicht waren meine Haare schön. Ich fühlte mich angerührt durch seine Worte, seine Anwesenheit, den Klang seiner Stimme. Ein Frösteln überkam mich. Ich zog meinen weiten Pullover fest um mich. Seine Blicke folgten meiner Bewegung. Ich spürte sie auf meinen Brüsten und ließ den Pullover hastig wieder los. Ein seltsames Gefühl, das da in mir aufstieg. Angst, oder was war das? Eine Ahnung, dass zwischen Mann und Frau Spannungen entstehen können, Wünsche erwachen, die nicht einzuordnen sind. Ich konnte dies wirklich alles nicht einordnen. Aber ich wusste, dass ich nicht fortlaufen wollte.

»Komm«, sagte ich zu Thies, »laß uns auf die andere Seite fahren mit dem Kanu. Dort drüben ist bis zum späten Nachmittag die Sonne«. »Ja«, sagte er, »zum Damm. Ich bin ewig nicht dort gewesen«.

Der Damm ist ein aufgeschütteter Wall, der den

See und den Fluß künstlich von einander trennt wegen der unterschiedlichen Wasserstände. Er ist eine verzauberte Wildnis, ein Fleckchen Natur, das kaum jemand kennt. Ich setzte meine nackten Füße vorsichtig zwischen die Schilfhalme, um mich nicht an ihnen zu schneiden. »Hier müssen irgendwo Paddel liegen.« Ich bog die starren Halme auseinander. Winzige, krabbelige Blattläuse hingen an den Blättern. Einige fielen auf meinen Pullover. Ich schüttelte sie eilig ab, eklige, klebrige Viecher. Sie verschmieren einem das ganze Zeug. Ich hob zwei Paddel, die im Red verborgen lagen, auf und stieg vorsichtig in das Kanu. Ein schlankes, leichtes Boot, dass außen mit einer Persenninghaut überspannt war und dessen Bug und Heck sich leicht nach oben bogen. Thies hockte sich auf den Steg. Er zog Schuhe und Strümpfe aus und krempelte die Hosenbeine hoch. Dann kroch er hinter mich in den schwingenden Kahn. Eins, zwei, eins, zwei. Gleichmäßige, leichte Schläge der Paddel, abwechselnd auf der einen und der anderen Seite. Wir ließen das Ufer hinter uns und überquerten den See.

»Ratsch«. Der Kiel des Bootes schrabte über den Sand. Aufgewühlte Erde stieg wolkig und schmutziggelb an die Wasseroberfläche und sank Teilchen für Teilchen wieder auf den Grund zurück. Ich richtete mich auf, hob einen Fuß über die Bootskante und suchte nach festem Grund. Dann zog ich das andere Bein hinterher. Thies verstaute die Paddel zwischen den Bootsplanken und den Außenwänden und stieg dann auch ins Wasser. »Wir müssen den Kahn auf Land ziehen. Sonst treibt er ab und wir können hinterher schwimmen. Faß an, Barbara.« Wir zogen das Kanu Stück für Stück ans Ufer, bis nur noch das Heck im Wasser hing und sich von den anlaufenden Wellen sanft umspülen ließ.

Ich stellte mich auf Zehenspitzen, breitete die Arme aus weit in die Luft, als könnte ich ein Bündel Sonnenstrahlen fest halten. Dann drehte ich mich um und lief den Abhang hinauf. Wo ich hintrat, zeichnete die Nässe von meinen Füßen kleine Oasen im warmen Sand. Die verschwanden in der Sonne rasch wieder. Weiter oben am Hang kniete ich nieder. Thies kam neugierig herbei und sah mir zu. Winzige Blätter bedeckten hier den Boden. Wenn man die herzförmigen Blätter anhob, hingen darunter Walderdbeeren, die man in der Hand sammeln konnte. Sie rochen wunderbar nach Sommer und Süße. Wir aßen sie, aneinander gelehnt, die safttropfenden Kügelchen, und Sonne, Wind und Aroma aßen wir mit.

Der Damm, diese schmale Landzunge zwischen dem kleinen See und dem kleinen Fluß, das ist Einsamkeit, Schönheit, Wildnis und Verzauberung. Wer weiß von ihnen, den schmalen Pfaden, die eigentlich nur etwas zertretenes Gras, auseinander gebogenes Gebüsch, eine Holzstiege über einen Zaun sind. Wer weiß von den kleinen Mulden mit den Gänseblümchenwiesen, von Stachelbeeren und wilden Apfelbäumen. Wer kennt noch das Gemäuer, der alten Schleuse, das mit Ranken der Brombeeren überwuchert ist wie gestopft. Die verfallenen Kammern haben sich mit Weißdornen angefüllt, als wären sie nie für eine andere Aufgabe zuständig gewesen. Wer freut sich über die üppigen Heckenrosenbüsche, deren Zweige, hängend oder aufrecht wachsend, von niemandem in ihrem beschaulichen Dasein gestört werden. Eine Fülle von Knospen und Blüten, mild-rosa Flöckchen, manchmal sanft weiß. Hüpfend und tanzend und duftend im Wind. Wer weiß von den Birken, deren Blätter getupfte und gesprenkelte lustige Schatten auf die Erde zaubern. Von den großen hohen Stämmen, die sich dem Wind angepasst und ein wenig zur Seite geneigt haben. Von den vielen kleinen Birkensprösslingen, die der Boden Jahr für Jahr aufkeimen läßt. Die dann vielleicht einen schönen, geraden, ungebogenen Wuchs erträumen.

»Wollen wir zuerst zur Kirche gehen, Barbara?« fragte Thies. Er fasste meine Hand und wir gingen den Pfad entlang. Unsere nackten Füße lautlos und behutsam aufsetzend. Gäste waren wir im Reiche der Vögel und Blumen, mochten nicht lästig fallen. Manchmal blieben wir stehen und küssten uns. Unsere Lippen berührten sich ganz leicht wie taumelnde Schmetterlinge. Dann gingen wir weiter, geräusch-los, ohne Hast. »Sie ist schon was besonderes, diese Kirche. Am besten gefallen mir die Felsbrocken in den Wänden und das Grünspandach. Das sieht alles so beständig aus, so unzerstörbar.« Wir saßen am Fluß. Das Wasser zog schmutzig gelb an uns vorbei. Blätter und Schilfhalme mit sich führend. Ab und zu ein Gluckser, ein kleiner Strudel. Hin und wieder schoss ein Fisch an die Oberfläche, wahrscheinlich auf Fliegenjagd. Oder ein Frosch sprang direkt vor uns aus dem Schilf ins Wasser. »Die alte Dame hat sich einen schönen Platz ausgesucht. So mit den Fü-ßen am Fluss und dem Turm weit über das Land.«

»Du, Thies, kannst du dich an den Altar erinnern?«
»Natürlich, sehr viel Gold.« »Wunderschöne, goldene
Engel mit runden Bäuchen und dicken Beinchen.
Ganz lebendig, wenn sie nicht so glänzen würden.
Ich hätte sie so gerne einmal angefasst. Aber Engel
achten sehr auf Abstand.« »Tschüs, alte Dame,« sagte
Thies. »Wir kommen bald wieder.« Er nickte zur Kirche hinüber und zog mich hoch.

Wir gingen nun mit dem Fluss. Der Weg war breiter.
Ausgetreten, an manchen Stellen Wagenspuren. Zu
beiden Seiten ragten Bäume auf. Dickblättrig, wie ein
Schirm, so dass wir uns in einer grünen, kühlwandigen Halle befanden. Durch das Gebüsch konnten
wir den Fluss sehen, Schwertlilien am Ufer, kleine
schwimmende Inseln von Seerosen, weiß oder dotterfarben. Wenn man sie aus dem Wasser reißt, verwelken sie sofort. Wir kamen vorbei an der Tränke,
wo die braunen Kühe bis zum Bauch im Wasser standen und uns mit ihren runden Augen ernsthaft anguckten. Neugierig ein bisschen, aber ohne sich beim
Baden stören zu lassen. Und dann waren wir an der
Lichtung und ließen uns in eine Mulde fallen. Lagen dicht neben einander. Wir konnten von hier aus
den See und das gegenüber liegende Ufer sehen und
die Enten und Blesshühner auf dem Fluss. Getrennte
Wasser in einem Blick.

Ich war zufrieden, total zufrieden, so wie es jetzt
war. Bis Thies mich mit seiner Ruhelosigkeit aufschreckte. Er hatte seine Hände um meinen Hals
gelegt und ließ sie an meinen Armen herab gleiten. Nicht mehr sanft und schmeichelnd. Sondern
ziemlich rauh. Plötzlich war da kein Zauber mehr

zwischen uns. Mein Körper spannte sich. Ich fühlte mich angegriffen. Musste mich verteidigen. Und ich hatte mich zu wehren. So war es mir schließlich beigebracht worden. Ich hatte mich zu verteidigen, mochte es mir auch noch so schwer fallen. Was hatte ich schon von Sex gehört. Angst vor Geschlechtskrankheiten und unehelichen Kindern. Verhütung, darüber war nie gesprochen worden.

»Fass mich nicht an,« fauchte ich, »du hast kein Recht dazu.« Thies wurde zornig. »Kein Recht«, knirschte er. »Kein Recht,« Was bildest du dir ein. Ich bin dir nicht gut genug. Aha, ich bin dir nicht gut genug.« Sein Zorn machte mich fassungslos. »Thies«, versuchte ich ihn zu unterbrechen, »Thies, du irrst dich. Ich bin doch noch nie mit einem Mann zusammen gewesen. Versteh mich doch. Ich kann doch nichts dafür.«

Wir waren aufgesprungen, waren wie brüchiges Glas geworden. Zwar noch beieinander, aber doch schon durch einen Riß ganz weit getrennt. In zwei Hälften zerlegt. In diesem Moment gab es keinen Kitt.

»Komm«, sagte er, »nach Hause. Es zieht ein Gewitter auf. Deine Eltern machen sich Sorgen.« Ich trottete neben ihm her, störrisch wie ein Maulesel und böse. Er hatte alles kaputt gemacht. Was wusste ich von Reitzen, die eine Frau auf einen Mann ausübt, wenn sie mit ihm in die Einsamkeit geht. Von Qualen, die er vielleicht auszuhalten hatte so kurz vor dem Ziel. Ich guckte in den Himmel. Alles dunkelblau. »Gewitter, sieht ganz so aus.« Ich stapfte durch das flache Wasser am Ufer, hin zum Kanu.

Beobachtete aufmerksam den Grund, um mit Schlick überzogenen Steinen und Scherben auszuweichen.

Thies fuhr an diesem Tag davon, ohne noch mit mir zu sprechen. Ließ mich sitzen mit samt meiner Unschuld. Wie einen in die Ecke gestellten Papierkorb, unausgeleert. Ich fluchte und tobte innerlich. Anstand und Moral und »so musst du dich verhalten«, konnten mir gestohlen bleiben. Alle diese schönen Sprüche, nichts als Unglück hatten sie mir gebracht.

Glaub nur nicht, dass mein Liebling Thiess sich nun in die Arbeit gestürzt hätte. Oh nein, er rächte sich gründlich. Fuhr geradewegs zu einer meiner Schulfreundinnen. Was seinem Selbstbewusstsein sicher gut tat. Natürlich hörte ich davon, er wollte es ja auch nicht verbergen. Und es machte mich einfach traurig und wütend.

Immerhin hatte Thies es fertig gebracht, meine weiblichen Instinkte zu wecken, mich innerlich in Aufruhr zu versetzen.

Henry war in dieser Zeit mein Freund, ein ganz echter Freund. Er war ein gut erzogener junger Mann. Nicht aufdringlich, nicht unberechenbar. Immer da, wenn man ihn brauchte. Zum Ausgehen, zum Kartenspielen. Er berührte mich nie, wir küssten uns nie. Ein bisschen langweilig fand ich das schon. Aber, na ja, Henry war eben Henry. Komisch, dass man doch immer die unordentlichen Typen aufregend findet.

An einem Wintertag besuchte Henry uns und brachte für meine Mutter einen Strauß Mimosen mit. Unsere ganze Familie war von dem Strauß beeindruckt. Meine Mama hatte seit vielen Jahren keinen Blumenstrauß geschenkt bekommen. – Von Thies hatte ich in den letzten Monaten kaum etwas gehört. Manchmal rief er mich im Büro an, wenn er gerade in der Stadt war. Dann klopfte mein Herz so unsinnig laut, dass ich dachte, man müsse es durch den Telefonhörer hören. Es klopfte, und ich konnte das Klopfen nicht unterdrücken. Aber wir waren keinen Nachmittag oder Abend zusammen. Er verbrachte seine freie Zeit mit meiner Schulfreundin.

Durch sie hat er wohl auch von dem Mimosen-Jüngling gehört. An einem Winternachmittag rief er mich an. »Können wir uns nachher sehen?«, klang es aus der Telefonmuschel. Und ich willigte sofort voller naiver Freude ein. Ohne Fremdheit in seiner Stimme zu spüren. Aber Telefonleitungen verfälschen sowieso die Stimmen. Ich zählte die Minuten bis zum Feierabend und stürzte dann aus dem Büro. Er wartete in seinem Auto auf mich. Er stieß lässig die Tür auf, nicht besonders höflich. Dann fuhr er mit mir in eine Seitenstraße in Bahnhofsnähe. »Gut siehst du aus. Raffiniert. Deine roten Haare, schön und raffiniert.« Ich habe ihn bestimmt nicht geistreich angesehen. Konnte mir aus seinem Geknurre keinen Reim machen. »Ich hab mit dir zu reden.« »Bitte sehr. Ich höre.« »Dass ich dir nicht gut genug war, das habe ich schon einmal bemerkt. Und deinen Eltern passe ich auch nicht. Du hast ja jetzt den Richtigen gefunden. Wann wirst du dich verloben? Auf jeden Fall meine herzlichsten Glückwünsche. Geld soll er haben, aus einer wohlhabenden Familie sein. Außerdem ist er vornehm und bringt Blumensträuße mit. Das habe ich leider versäumt. Aber das hat sich jetzt sowieso erledigt.«

Lieber Freund Henry, du mein Verlobter. Du, der Mann mit den Blumensträußen. Zum Glück hast du den Quatsch nie erfahren. Aber mich, mich packte die Wut. Was bildete sich dieser Mensch hier ein. Mir Predigten zu halten. Wo er sich doch laufend mit anderen Mädchen traf. »Ich lass mich von dir nicht beschimpfen. Und meine Eltern schon gar nicht. So ein dummes Zeug. Da kann einem ganz schlecht werden. Soll ich vielleicht heulen und beten, dass du dich an mich erinnerst. Ich mache, was ich will.« »Das sollst du auch, mein Mädchen. Ich gehe nämlich fort.« »Na gut,« sagte ich verstört, »na gut. Ich muss jetzt jedenfalls zum Zug.« Ich stieg aus dem Auto und rannte zum Bahnhof. Die Menschen um mich herum nahm ich nur als Schatten wahr. Mein Innerstes war durch seine Gehässigkeiten tief verletzt. Wutttränen kamen mir in die Augen. Vom Zug sah ich nur noch die Schlusslichter, die gerade am Ende des Bahnhofs an der Kurve verschwanden. Thies war mir nachgerannt. Er zupfte an meinem Ärmel. Ich wollte ihn weg stoßen und wieder fort laufen. »Bleib hier«, herrschte er mich An. »Wie willst du denn nach Hause kommen.« Ich zuckte mit den Schultern. Das war mir so gleichgültig. »Komm, ich fahre dich heim.« Er zog mich hinter sich her, öffnete die Autotür. Ich ließ mich auf die Sitze fallen, hätte nicht einmal bemerkt, wenn er in eine andere Richtung gefahren wäre. Wir kamen mit dem Zug im Dorf an. Ich verließ das Auto. Thies hielt mich nicht auf. Vielleicht hatte er noch eine andere Verabredung.

Inzwischen war es finster geworden. Der Feldweg bis zu unserem Haus war ein einziges Schlammbett. Die feuchte Nachtluft schlug mir ins Gesicht. Oder war es Regen. Oder waren es Tränen. »Mutti, Mutti, die Mimosen. Wer weiß von den Mimosen?« fragte ich meine Mutter. »Kind«, sagte sie ganz erschrocken, denn ich muss etwas verwirrt und seltsam ausgesehen haben, »Kind, was soll das. Deine Freundinnen, die wissen das mit dem Mimosenstrauß. Sonst doch niemand.« »Ja, Mutti, das habe ich mir auch gedacht. Ich gehe gleich ins Bett, bin ganz müde.«

Natürlich konnte ich nicht schlafen. Kein Auge hätte ich zugekriegt. Ich schaltete das kleine Licht an und holte mir einen Schreibblock. Ich schrieb einen Brief an Thies. Alle Freude über unser Treffen, alle Irrtümer, alles Geschwätz, das uns jetzt trennte. All das schrieb ich Wort für Wort auf. All meine Liebe, die ich für ihn empfand. Allen Schmerz. Und er konnte mit seinem Hohn und Spott nicht dazwischen fahren. Ich brachte meinen ganzen Aufruhr zu Papier. Und in dem Augenblick, als ich meine Verzweiflung aufgeschrieben hatte, wurde sie etwas Fremdes. Ich wurde ruhiger mit jedem geschriebenen Wort.

Ein langer Brief, der in dieser Nacht entstand. Ich steckte ihn in einem Umschlag und verschloss diesen sorgfältig. Dann schrieb ich in großen Buchstaben: AN HERRN THIES. Mehr nicht. Der Brief lag in meiner Hand. Gefüllt mit meinen geheimsten Gedanken und Gefühlen. Wem sollte ich ihn anvertrauen. Etwa Thies. Konnte er mich überhaupt verstehen? Was bedeutete ich ihm schon. Ich wusste es nicht. Er sollte nicht über mich lächeln. Das könnte ich nicht ertragen. Leise stieg ich aus dem Bett, schlich mich auf bloßen Füßen in die Stube. Der Ofen war noch warm. Als ich die Ofenklappe öffnete, glühte feurige Schlacke in ihm. Ich schob meine Hand mit dem Brief durch die Öffnung. Ließ das Papier fallen. Eine Flamme zischte kurz empor, stürzte sich auf den Umschlag. Dann fiel sie in sich zusammen. Ich ging ins Bett und schlief fest ein.

Die Mimosen waren nicht schuld an unserer Torheit. Denn die Torheit war in uns selbst gewesen. Thies habe ich nie wieder gesehen. Und heute möchte ich ihn nicht wieder sehen. Heute habe ich sein Bild in mir. Wie er den Steg zu mir hinunter klettert. Mit seinen langen, knochigen Gliedern. Sein Haar ist noch immer struppig, voll und hat die Farbe wie trockenes Schilf. Und seine Augen schauen mich an, hellgrün, lebhaft, mit einem etwas spöttischen Ausdruck tief drin.

Sie spricht mit ihnen

Es war im vorigen Sommer, als ihr der Prospekt in die Hand fiel. Rosen, wie aus Großmutters Rosengarten. Und auf den Bildern blühten sie nur so vor sich hin, üppig, üppig. Die wollte sie haben, genau diese Rosen. Und so erhielt sie im Herbst das Paket mit zehn Rosenstöcken. Laut Pflanzanleitung mit sehr glänzendem Laub, äußerst widerstandsfähig. Resistent gegen alles mögliche. Weit buschig blühend, im Alter leicht überhängend.

Fünf dieser Omarosen überstanden leider den außergewöhnlich langen Schleswig-Holsteinischen Winter nicht, der mit Kälte und Wind manch einem Pflänzchen den Garaus machte. Aber fünf überlebten das trockene, windige Frühjahr und brachten tatsächlich einige Blättchen hervor. Unter ihren wachsamen Augen, denn sie setzte sich jeden Morgen die Brille auf, um ihre Rosenlieblinge zu überprüfen. Inzwischen gedeihen in Schleswig-Holstein überall die Rosen in großer Üppigkeit. Sind sie nicht schön, die Rosenstöcke auf dem Holm in Schleswig oder vor den alten Häusern in Friedrichstadt. Oder ganz einfach in den Gärten der Nachbarn. Sie steht staunend davor und läuft dann ganz schnell nach Hause, setzt die Brille auf und wartet in ihrem Garten auf das kleine Wunder. Ein kleines, grünes Blättchen, das gestern noch nicht da war. Aber eine ihrer Lieblinge, die hat jetzt tatsächlich eine Blüte hervor gebracht. Lachsrosa, am Rande etwas gelblich, wunderschön. Ein Vorgeschmack dessen, was einmal diesen Garten

zieren wird. Strauchrosen mit dem Flair aus Großmutters Rosengarten. Im Augenblick muss sie nur
fest daran glauben.

Ein Ausflug
zum Eselpark Nessendorf

Es ist einer dieser Drei-Generationen-Tage in den Sommerferien. Die Großeltern machen mit der Tochter und zwei Enkeln einen Ausflug. »Spaß auf dem Lande«, heißt es in der Werbeschrift des Eselparks. Und dorthin wollen sie. Am Himmel türmen sich dicke Windwolken vor einem dunkelblauen Himmel. Und wenn sie Sonnenstrahlen zulassen, leuchten die weiten Felder golden auf. Reifes Korn kurz vor der Ernte. An Plön geht es vorbei in Richtung Lütjenburg, dann in Richtung Lensahn. Sie sehen das Plöner Schloss hoch oben und später das Rantzauer Schloß. »Ihr habt aber viele Schlösser«, findet der ältere Enkelsohn. Sie erreichen den Eselpark zusammen mit vielen anderen Großeltern, Eltern und Kindern. Für die Jungen gibt es kein Halten. Sie stürzen in die Scheune, in der ganz viele Esel in einem Gatter stehen und die Besucher erwarten. Die Kinder zupfen Heu aus den Ballen und füttern die Tiere und übersehen die Schilder »Bitte nicht füttern«. Ihre Mutter kümmert sich inzwischen um eine Eselkutsche. Klar, wenn man schon dort ist, will man auf dieses besondere Erlebnis nicht verzichten. Die Gäste werden von jungen Esel-Kutschen-Managern nach Zahlen und Buchstaben aufgerufen, z.B. Eselkutsche 28 a), b), c). Es erfolgt eine kleine Einweisung, ein Hinweis, wie man einen Esel zum Laufen und zum Anhalten bringt. Dann klettern sie in die Kutsche, die Großmutter, die Mutter und die beiden Jungen. Der Großvater winkt ab.

Sie haben die Kutsche mit Eselin »Heidi«. Das ist eine sanfte, freundliche, etwas ältere Eseldame mit weichem, grauen Fell, grauen Augen und ganz langen, grauen Ohren. Die Mutter nimmt die Leine und sagt »Hü«. Heidi wirkt nachdenklich, aber sie bewegt sich nicht. Erst nach mehrfachem »Hü, hü, hü«, trabt sie los. Aber sie hat eigene Vorstellungen. Steuert direkt eine Hecke an und knabbert genüsslich an den Blättern. Die Großmutter klettert vom Kutschbock und nimmt Heidi an die Leine. »Wollen wir beide zusammen gehen«, fragt sie die Eselin. Heidi hört aufmerksam zu und folgt ihr schließlich. Großmutter und Eselin marschieren vorne weg, die Mutter sitzt auf dem Kutschbock und die Kinder hinten im Wagen. Auf dem Rückweg führt die Mutter Heidi am Halfter, Großmutter sitzt auf dem Kutschbock und die Jungen streiten sich um die Leine. Ein ganz gemütlicher Spaziergang mit Eselin und Kutsche. Nur auf den letzten Metern vor dem Stall wird Heidi etwas schneller. Auf der großen Wiese, die das Restaurant ist, gibt es Eis, Pommes, Bratwurst, Cola. Und durch die Tische und Gäste hindurch toben zwei Eselkinder und spielen Kriegen. Zur Erinnerung an diesen schönen Ferientag dürfen sich die Kinder aus einem 2-Pfennig-Stück an einem Automaten Erinnerungsmünzen mit Eselkopf prägen.

Als sie die Rückfahrt antreten, da ist aus der weißen Windwolke eine dicke Regenwolke geworden. Wasser stürzt vom Himmel. Aber das kann diese Ausflügler überhaupt nicht mehr stören.

Wahl einer Lichtgestalt

Sie gehörte zu den jungen Mitgliedern des Ortsverbandes ihres Dorfes. Und jetzt hatte man ihr eine ehrenvolle Aufgabe übertragen. Ersatzdelegierte auf dem Sonderparteitag in Kiel. Es ging um die Auswahl der Kandidaten für den nächsten Landtag. Sie beruhigte ihren Mann. Der war immer besorgt, sie könne ein neues Amt annehmen. Eine Ersatzdelegierte ist nicht gleich Delegierte. Sondern nur eine Delegierte im Notfall. Wenn alle anderen ausfallen oder gerade etwas anderes an diesem Tag zu tun haben. Es kam, wie es kommen musste. Die Vorwahlmänner und Vorwahlfrauen fielen aus. Sie wurde für die CDU (Kreis Plön) zum Sonderparteitag nach Kiel geschickt.

Zunächst aber musste sie an einer Fete der Landjugend teilnehmen. Die hatte Gäste aus Hessen, die zünftig begrüßt werden sollten. So ein Fest durfte man einfach nicht auslassen. Auch wenn der Kopf klar bleiben musste wegen der großen Aufgabe am nächsten Tag. Freund Ulli bot sich an, sie nach Kiel zu kutschieren in seinem Kombi. Freundin Gisela, zugleich Gemeindeschwester, brachte ihr nach der durchfeierten Nacht eine Portion Kopfschmerzmittel, die dringend notwendig war. Der Ehemann jammerte vor sich hin: »Wenn du nur kein neues Amt bekommst!« Den Kindern war es egal, sie waren gewöhnt an ihre umtriebige Mutter.

Freund Ulli erschien rechtzeitig samt Pkw-Kombi. Sie tuckerten nach Kiel zum Hotel Bellevue. »Ich lass dich nicht auf dem Parkplatz aussteigen, ich fahre dich zum Portal«, entschied Freund Ulli. Vor dem Haupteingang des Hotels stoppte er. Sie kletterte aus dem Auto und marschierte Richtung Eingang. Sie würde sicher schnell ablaufen, diese Wahlveranstaltung. Und dann begann ihr Staunen. Zu beiden Seiten des Eingangs waren Kameras aufgestellt, Fotografen standen herum, sie geriet in ein Blitzlichtgewitter, das nicht ihretwegen in Gang gesetzt wurde, das wusste sie. Vor ihr schritt der Kandidat Nr. 1 auf der Landesliste, Gerhard Stoltenberg. Er kandidierte zum ersten Mal für die Position des Ministerpräsidenten. Der amtierende Ministerpräsident Lembke wollte dieses Amt abgeben.

Im großen Sitzungssaal fand sie schnell den Tisch ihrer Parteifreunde aus dem Kreis Plön, Vorsitzender war Günter Röhl. Die Kandidatenwahl ging bei den ersten Positionen auf der Landesliste schnell und zügig. Gerhart Stoltenberg erhielt ein Traumergebnis, ein unangefochtener Spitzenkandidat. Und dann zog sie sich die Veranstaltung. Es wurde um jeden Platz, um jede weitere Kandidatur gefeilscht wie auf dem Husumer Pferdemarkt. »Wählt ihr unseren Kandidaten mit, dann unterstützen wir euren Kandidaten«, war die Parole von Tisch zu Tisch. Ein stundenlanges Ringen von Position zu Position, das nur mit Kaffee und Kopfschmerzmitteln durchzustehen war.

Sie hatte den Fahrplan ihres Busses ab Hauptbahnhof Kiel zurück in ihr Dorf im Kopf. Gedanklich verpasste sie einen Bus nach dem anderen. »Macht nichts«, sagte Parteifreund Günter Röhl, »ich frage den Ministerpräsidenten, der kann sie mitnehmen.

Er muss sowieso die Strecke zurück fahren«. »Klar«, dachte sie, »er fragt den Ministerpräsidenten«. Etwas später stand Ministerpräsident Lembke vor ihr am Tisch. »Sie sind die Frau, deren Busse wegfahren? Warten sie nur, bis wir hier fertig sind. Sie können dann mit mir zurückfahren«. Sie nickte mit dem Kopf, dann würde sie eben mit dem Ministerpräsidenten fahren.

Irgendwann endete diese Versammlung. Sie trabte hinter Herrn Lembke her, stieg in die Landeskarosse Nr. 1, ein Chauffeur brachte sie über die B 404 in Richtung Heimat. Sie hatte nur eine Befürchtung, dass ihr Mann sie jetzt sehen würde, in diesem Amtsauto, von wegen neuer Aufgaben für die Partei. Sie durfte sich auf keinen Fall bis vor die Haustür fahren lassen. An der Dorfgaststätte stieg sie aus. »Wenn sie wieder einmal nicht nach Hause kommen können, melden sie sich ruhig. Wir nehmen sie gerne mit«, sagte der Ministerpräsident freundlich. -

Gerhard Stoltenberg wurde ein strenger, kompetenter und sehr erfolgreicher Schleswig-Holsteinischer Landesvater. Er tat dem Land und seinen Menschen gut. Und sie, die Ersatzdelegierte, hatte ihn mit vorgeschlagen, hatte ihm ihre Stimme gegeben. Ein Bild von ihm, dekoriert mit einem pinkfarbenen kleinen Papierstern, hängt seit dieser Zeit über ihrem Schreibtisch. – Gerhard Stoltenberg sitzt seit Jahren oben im Himmel auf Wolke sieben und schaut ganz sicher mit gerunzelter Stirn auf sein kommunalpolitisch arg verwuseltes Heimatland. Ein bisschen was von seiner Kompetenz, seinem Fachwissen, seiner Durchsetzungskraft könnte diesem Land sicher gut tun, denkt sie manchmal.

Die Bürgermeister-Lampe

Sie war seit vielen Jahren Gemeindevertreterin in ihrem Dorf, das jetzt einen neuen, dynamischen Bürgermeister hatte. Er war ein guter Bürgermeister, mochte seine Mitbürger und sie mochten ihn. Sitzungen bereitete er ordentlich vor, der Umgang mit Zahlen war ihm von Berufs wegen vertraut, von ihm geplante Projekte waren keine Luftbuchungen. Die 17-köpfige Gemeindevertretung wurde unter seiner Führung eine erfolgreiche Arbeitsgemeinschaft, gut für das Dorf und seine Bewohner. Große Projekte wurden zügig in Angriff genommen und sorgfältig abgewickelt. Nur einmal, da klappte es nicht mit der Gefolgschaft. Es ging um einen Überlaufteich des alten Meiereigrabens. Einen Teich, der notwendig war als Sammelstelle bei plötzlich einsetzenden Regenfällen, um die Straße vor Hochwasser zu schützen. Das Umfeld dieses uralten Dorftümpels hatte sich selbständig begrünt mit allerlei Gebüsch, Gesträuch und Gras. Nun sollte daraus eine gepflegte Mini-Parkanlage werden, einen Gedenkstein gab es schon. Der Bürgermeister hatte in all dem Gesträuch eine junge Eiche gesichtet, die sollte beleuchtet werden. Aber wie, das war die große Frage. Von unten, von oben, mit Strahlern, mit den verschiedensten Lampenmodellen. Jeder Gemeindevertreter entwickelte seine eigene Vorstellung, eine Einigung wurde trotz stundenlanger Beratung nicht erzielt Es wurde die Vertagung dieses Punktes beschlossen.

Ein paar Wochen später fuhr sie nachts durch das

Dorf, sie kam von einer Sitzung im Dorfkrug und musste an dem kleinen Dorfteich vorbei. Auf seiner Höhe trat sie auf die Bremse ihres Autos. Da leuchtete ein Licht durch das Gebüsch. Wahrscheinlich gab es jetzt einen Miniteich mit einer Minieiche plus Beleuchtung. Aber wieso? Sollte der Bürgermeister eine eigene Entscheidung getroffen haben? Eine Lampe ohne Gemeindevertreter-Beschluss? Etwa der Untergang der Demokratie?

Sie befragte den Bürgermeister etwas später, erhielt aber keine rechte Antwort. So wuchs bei ihr die Erkenntnis, dass sie in dem einzigen Dorf in Schleswig-Holstein lebt, in dem sich nicht nur Bürgermeistereichen selbst säen, nein, sie säen sich auch gleichzeitig mit geeigneter Beleuchtung. Auf die Tagesordnung der Gemeindevertretersitzung kam dieser Beratungspunkt jedenfalls nie wieder.

Wir erklären Schleswig-Holstein zur Insel 1999

Es mag sein, dass man den Schleswig-Holsteinern alles mögliche anhexen kann, z. B. dass sie nicht viel sagen. Sie tragen ihr Herz nicht auf der Zunge. Sie jubeln höchstens einmal gedämpft. Sie verkleiden sich im Karneval nur zögerlich. Sie sind hinter Hamburg etwas zurück. Aber eines konnte man ihnen noch nie anhexen, dass sie nämlich zu einem angepassten Wahlvolk verkommen sind. Wenn ein Schleswig-Holsteiner sagt: »Jetzt ist Schluss!«, dann ist Schluss! Dann werden diese zurückhaltenden Bürger zu Elefanten und lassen sich nicht mehr schieben. Und dieser Punkt scheint jetzt in Sachen Butterdampfer-Existenz gekommen zu sein. Da läßt man Weit-Weg-Politiker in Bonn taktische Spiele treiben in Sachen Duty-Free. Auf Kosten von tausenden von Arbeitsplätzen an Schleswig-Holsteins Küsten. Auf Kosten unserer angeschlagenen Tourismus-Branche. Auf Kosten einer riesengroßen Fangemeinde von Butterdampferfahrern, überwiegend Senioren. Da gibt es doch eine ganz einfache Lösung. Schleswig-Holstein – meerumschlungen – wird von uns zur Insel erklärt. Im Westen und Osten haben wir das Meer, im Süden die Elbe und Richtung Norden tritt die Treene ab und zu über die Ufer und setzt große Landflächen unter Wasser. Und dann nehmen wir einen Status in Anspruch wie die Spanier mit ihren zollfreien Canarischen Inseln. Und wir lassen erst wieder mit uns reden, wenn der Sonderstatus aller anderen Europäischen Länder abgeschafft ist, (siehe Spanien). Wenn die Seniorengemeinschaften aus Schleswig-Holstein, Berlin und dem Ruhrgebiet weiter für 3,50 DM oder 1,25 Euro über die Ostsee schippern dürfen. Wenn sie weiter die Musik von den Alleinunterhaltern auf den Schiffen genießen können, die die rote Sonne von Capri so schön untergehen lassen, und sie während des Tanzes bei jedem dritten Takt in ein Wellenloch treten. Erst dann ist mit uns Bürgern aus dem Inselreich Schleswig-Holstein überhaupt wieder zu reden. Und wer von den Politikern aus taktischen Gründen anderer Meinung ist, für den bleibt die Zugbrücke nach Schleswig-Holstein in der Zukunft geschlossen.

Ein Sonnenhut wirft Schatten

»So könnt ihr nicht los, ihr schwitzt euch ja zu Tode. Könnt ihr euch nicht Shorts anziehen«, sagt der Vater. »Papa«, antwortet der Sohn, »kein Junge hat heute Shorts an«. »Ne«, stimmt die Tochter zu, »kein Junge in unserer Schule trägt Shorts. Das ist nicht modern. Ich ziehe mich bestimmt nicht wieder um«. Dabei schaut sie ihren Vater fest an.

Um sich herum hat sie Plastiktüten gestellt, angefüllt mit Büchern und Krimskram aus ihrer frühesten Kindheit. Heute startet das große Geschäft mit der Vergangenheit. Die beiden Jugendlichen wollen zum Flohmarkt in die Kreisstadt, um diese Dinge zu verhökern und um ihr Taschengeld aufzubessern. »Macht, was ihr wollt«, grollt der Familienvorstand. »Papa«, hebt der Sohn an zu reden, »du kannst deine Kindheit nicht auf uns übertragen. Das meinen alle Erwachsenen. Aber das geht nicht. Das haben wir gerade in der Schule besprochen. (Es war seine zweite Philosophiestunde.) Du findest heute noch gut, was du in deiner Kindheit getragen hast. Du bist in deiner Zeit stehen geblieben«. »Das bin ich gar nicht. Ich finde nur, wenn es heiß ist, soll man sich nicht auch noch dick anziehen«. »Streitet euch nicht«, sagt das Mädchen. »Man muss diskutieren können, das ist kein Streit, das ist eine Diskussion. Das ist wichtig«, sagt der Junge.

Mutter lauscht tief beeindruckt. Sie weiß nicht recht, wie sie sich entscheiden soll. Heiß ist es zwar, aber nicht jeden Körper zieren Shorts. »Das Fach Philosophie«, so sinnt sie, »das scheint einige Veränderungen in der Familie mit sich zu bringen. Die Zeit des Mengenlehreunterrichts für Eltern ist bei ihnen überholt, man sollte sich um einen Philosophieunterricht für Eltern mit halberwachsenen Kindern kümmern, um zukünftigen Diskussionen gewachsen zu sein. Ihre Sprösslinge tragen heute ihre Kindheit in Plastiktüten zum Flohmarkt, die Eltern müssen sich darauf einstellen.

Sie beschließt, es vorläufig philosophisch zu nehmen. Da draußen scheint die Sonne. Sie holt sich ihren alten Bikini aus dem Schrank wegen der Hitze. Dabei fallen ihr ein Paar Ohrringe der Tochter in die Hände, billiger Modeschmuck. Sie zwackt sich diese in die Ohren und findet, damit hat sie die Verbindung zwischen damals und heute für diesen schönen Sommertag hergestellt.

»Mutti, wo ist mein Sonnenhut«, ruft die Tochter. »Den brauche ich unbedingt.« »Ja, ja«, murmelt der Vater, »Sonnenhut und lange Hosen, das passt. Aber so ein Hut soll ja ordentlich Schatten werfen«.

Immer das Kleingedruckte

Die kleinen Jungs wissen es genau. Bevor sie zum 597. Mal die Geschichte vom Onkel Fritz und den Maikäfern unter der Bettdecke vorgelesen bekommen, fahnden sie erst nach der Brille ihrer Großmutter. Sonst läuft gar nichts.

Das ist eben so, das »Spekuliereisen« gehört zu den wichtigsten Ausrüstungsgegenständen vieler Menschen. Zum Beispiel in Kaufhäusern, bei Dämmerlicht. Zwischen vollgestopften Kleiderständern. Da geht das Suchen nach dem Preis los. Öffnen der Umhängetasche, wenn man ein Probestück in der Hand hält. Brille aufsetzen. Preisschild mit Kleinstdruck entziffern. Brille wieder verstauen. Ab in die Umkleidekabine. Es ist ein einziges Getakel.

Oder in der Gaststätte. Da schlägt man die in Leder gebundene Speisekarte erwartungsvoll auf und hat ein zartes, blässliches Schriftchen vor sich. Ohne Brille kann man die aufgeführten Speisen nicht einmal erahnen. Also Tasche öffnen, Brille auf die Nase.

Ganz schlimm wird es auf Busbahnhöfen im Dämmerlicht. Die ziemlich hoch angebrachten Fahrpläne sind eng bedruckt mit Kleinstziffern. Die Einkaufstüten werden auf dem Bürgersteig abgestellt, die Brille aus der Tasche gegrabbelt. Und wie beim Kinderlesebuch mit dem Finger die richtige Zeile mit der Abreisezeit gesucht. Dabei gibt es heute Drucktechniken, computergestützt, die weder von der Farbe noch von der Formgebung her Wünsche offen lassen. Preisschilder könnten klar und deutlich gestaltet werden ohne Mehrkosten. Fahrpläne könnten lesbar und kundenfreundlich in Augenhöhe aufgehängt werden. Speisekarten lassen sich mit klarer Schrift und deutlicher Farbgebung aufmachen. Ganz einfach.

Vielleicht ist es aber wieder nur die Gedankenlosigkeit, die eine solche, sehr geringe Mühewaltung auslässt. Nur im Ausverkauf, bei den Sonderangeboten, da ist alles ganz anders. Da gibt es große, deutliche Schilder in Rot und Schwarz. Da leuchten die Preise direkt in die Augen der Kunden. Da kann man sich entscheiden ohne schwieriges Suchen. Da kann man sich hemmungslos reich kaufen, auch ohne Brille.

Der Eisschrank

Dies ist kein Einzelfall. Sie hat den Satz zu den verschiedensten Zeiten von den verschiedensten Personen gehört. Der sensible Herr mit der melodischen Stimme sagt, so sanft er kann: »Findest du nicht, dass der Eisschrank abgetaut werden sollte?«, und verlässt dann mit leisen Schritten die Küche. Der weniger sensible, im Kampf des Lebens etwas rauh gewordene Ehemann knallt den Satz, peng, mitten in die Ansammlung von Frühstücksgeschirr und frischem Gemüse für das Mittagessen: »Wird es nun nicht bald Zeit, dass der Eisschrank abgetaut wird?!«, und entschwindet. Der korrekte Ehegatte sagt, nicht mehr und nicht weniger, ohne Sanftheit oder Rauhheit, einfach nur so: »Sieh mal in den Eisschrank«, und entschwindet aus der Küche.

Nie, in keinem einzigen dieser Fälle, tritt auch nur der leiseste Zweifel auf, wessen Aufgabe es ist, das Eis an den Wänden zu beseitigen, die kühle, weiße Appetitlichkeit wieder vollkommen zu machen: Einzig und allein Aufgabe der Frau.

So geht sie dann in früher Morgenstunde vor dem Monstrum in die Kniee, räumt weiche Tomaten und halbe Zitronen aus der Gemüseschale, entscheidet, ob die angetrocknete Käseecke weggeworfen werden kann oder ob sie vielleicht für Sauce noch gut ist. Sie taucht den Kopf in die einzelnen Fächer, das sich verflüssigende Eis ruiniert ihre Frisur. Sie schabt die sich lösende Eisschicht vorsichtig ab. Vor dem Kühlschrank bildet sich allmählich eine Wasserlache. Sie kniet mitten drin.

Natürlich schafft sie es auch diesmal wieder. Hat man jemals einen so vorzüglich aufgeräumten Kühlschrank gesehen? Auch die Eiswürfelschale kommt zurück ins Gefrierfach. Abends holt sie sich eine Flasche Martini und macht sich mit allerfrischesten Eiswürfeln einen »Martini on the rocks«, wobei ihr das Leitungswasser in Form der »Rocks« als eine Köstlichkeit erscheint. Sie verkneift sich die Bemerkung, dass noch Bier, schönes, kaltes Bier im Kühlschrank steht. Anmerkung: Es ist bekannt, dass es Eisschränke mit automatischer Abtauvorrichtung gibt. Aber die älteren Fabrikate tragen die Aufschrift »Made in Germany« mit vollster Berechtigung. Sie sind nicht kaputt zu kriegen.

Alltagsfreunde

Eigentlich liebt sie die schönen Dinge des Lebens, einen hübschen Teppich, ein Stück altes Porzellan, bei besonderes Bild, Blumen in der Vase, ein gutes Buch. Das sind Lebensbegleiter zum Träumen.

Aber dann gibt es ein paar Sachen, die mit Träumereien nichts zu tun haben, denen sie sich aber freundschaftlich verbunden fühlt. Hilfen für den Alltag. Da ist zum Beispiel die »Grüne Tonne«, ein großes Plastikgefäß, das die Abfallentsorgung des Kreises monatlich bereit stellt. Hierin kann sie alles versenken, was ihr ansonsten einen all zu frühen Tod unter einer Papierlawine bescheren würde. Kataloge, Zeitungen einschließlich bunter Beilagen, Sonderangebote des Supermarktes. Natürlich möchte sie ihr Wissen auf dem neuesten Stand halten, möchte sich orientieren, wie die Preisentwicklung insgesamt und die politische Lage in besonderen Fällen ist. Möchte sich nicht gerne betuppen lassen von Verkaufs- oder Redegenies. Aber selbst ihr vergeht die Lust am Lesen und Blättern unter der Papierflut. Erlösung bringt der morgendliche Gang zur »Grünen Tonne«. Weg mit den wunderschönen, bunten, in der Herstellung so teuren Prospekten. Der neue Tag bringt neue Angebote.

Ein weiterer Freund ist der kleine, graue »Shredmaster«, ein mit Strom betriebener Zerreißwolf. Er zerlegt die streng vertraulichen Unterlagen aus Sitzungen und sonstigen ganz wichtigen Zusammenkünften. Viele Worte, viel Papier werden ratz-fatz zu feinen Papierstreifen. Ablage »Grüne Tonne«.

Wer einmal einen Nachlass aufräumen musste, wer einmal Schränke und Schubladen und ganze Zimmer von den angehäuften Schätzen eines verstorbenen Lieben befreien musste, der weiß, wie viel »unnützes Zeug« man über Jahre anhäufen kann. Und welche Verzweiflung die Aufräumer dabei packt. Besser man trennt sich rechtzeitig, reduziert seine gesammelten Berge hin und wieder. Wobei man das eine oder andere Ding vielleicht doch noch einmal gebrauchen könnte, oder ….?

Trimm dich

»Auf das Auto, da kann ich keinesfalls verzichten«, sagt mir die junge Frau. Mein Argument, dass es einen Haufen Geld koste, dass sie, die für sich und ihr Kind alleine zu sorgen hat, es sich nicht leisten könne, zieht nicht. Auch die Tatsache, dass der Bus fast vor der Haustür hält, dass ein Taxi hin und wieder die wesentlich billigere Alternative ist, dass man Beine hat, um sie zu bewegen, alles Asche. »Ich bin halt an ein Auto gewöhnt. Ohne Auto komme ich überhaupt nicht mehr aus der Wohnung heraus«. Sobald sie aber die kleinste Treppe steigen muß, bekommt sie Schwindelanfälle und Herzklopfen. Kein Wunder, der Körper ist auf solche Anstrengungen nicht mehr eingestellt.

Verwundert lausche ich den Diskussionen meiner Kollegen um die Parkplätze. Ständig wird gezankt, wenn einer von ihnen sein Auto nicht unmittelbar vor der Haustür unterbringen kann, sondern es auf dem Gemeinschaftsparkplatz 100 m entfernt abstellen muß. 100 m Fußmarsch können zum Problem werden.

Aber nicht nur die Erwachsenen, auch die Kinder finden es selbstverständlich, sich möglichst wenig zu bewegen. »Kannst du mich hierhin fahren, kannst du mich dorthin fahren«, ist eine ständige Redensart der lieben Kleinen. Erst wenn man sie ganz energisch daran erinnert, fällt ihnen ein, dass das Fahrrad im Stall ein Gebrauchsgegenstand ist.

Das soll nun alles ganz anders werden. Zum Beispiel der Trimm-Dich-Wald, in dem sie mit dem Vater am vergangenen Sonntag waren, der macht echt Spaß. Zwar war es überhaupt nicht leicht, sich über die Hindernisse zu hangeln. Der überflüssige Speckansatz an Po und Bauch machte erheblich zu schaffen. Und dann platzte auch noch die neue Hose. Aber Spaß machte es trotzdem. Und der Vater, der das Auto bisher für eines der höchsten Güter dieser Erde gehalten hat, der wünscht sich ein Fahrrad zum Geburtstag.

»Mutti«, sagt der Sohn am Sonntagmorgen, »wollen wir beide eine kleine Radtour machen?« Sie fahren an diesem stillen Frühlingstag über Feldwege an Wiesen vorbei, an Äckern und Bauerngehöften. Und stellen fest, dass das ebene Schleswig-Holstein doch hin und wieder Erhebungen hat, die man im Auto nie spürt. Die beim Radfahren die Beine in Bewegung bringen. Sie schnaufen, wenn sie einen »Berg« bezwungen haben und fühlen sich sehr wohl.

Die Wäscherinnen der Nation

Nun flattern sie wieder am Wochenende im Frühlingswind, die olivfarbenen Beinkleider, Blusen, sperrigen Jacken, die dicken Strümpfe. Das Zeichen, dass die Söhne vom Dienst bei der Bundeswehr zum Wochenende nach Hause gekommen sind.

»Hallo, Mutti, da bin ich. Endlich Wochenende!« ruft der Held, strahlt, wartet, dass die Mutter zurück strahlt. Und lässt den Wäschesack aus Nessel, ohne Geräusche zu verursachen, vor der Waschmaschine fallen. Da gerade noch Begrüssungssonnenschein bei der Mutter herrscht, vergisst sie ob des freitäglichen Kleiderbeutels zu seufzen, zu knurren, zu erwähnen, dass auch sie sich auf das Wochenende freut. Sie schreitet zu Taten, lockert das Band des Wäschebeutels, schüttet die olivgrüne Pracht auf den Fußboden und beginnt zu sortieren. »Hast du die Taschen ausgeräumt? Nicht, dass die Waschmaschine von Tempotaschentüchern wieder verstopft wird«. Das ist ihre in diesem Augenblick einzige Protestreaktion.

Väter sehen verwundert diesem wochenendlichen Treiben zu und fragen sich, wieso erwachsene Söhne die Mütter so regelmässig mit Aufgaben versorgen. Wo doch die Bundeswehr eigene Wäschereien hat. Die Ausrede, hier gehe eben alles viel schneller, zieht nicht so recht. Es muss eine geheime Mutter-Sohn-Beziehung geben, die einem anderen Menschen verborgen bleibt.

Es gibt Fachgespräche unter Müttern von Bundeswehrsoldaten. »Wie schaffen Sie es, die Wäsche in so kurzer Zeit zu trocknen?« Der Wäschetrockner ist die Lösung.

Natürlich können Soldaten Knöpfe annähen und Namensschilder. Die Bundeswehr stattet ihre Soldaten gut und solide aus. Das Material der Bekleidung ist stabil. Die Strümpfe wärmen gut. Nichts ist zu eng geschnitten, an Stoff wurde nicht gespart. Nach allen Seiten hin viel Platz und Bewegungsfreiheit im Ober- und Unterzeug. Man nennt es leger, nicht etwa beutelig.

Der Sohn hat sich inzwischen an den mütterlichen Fleischtopf begeben. »Wie war das Essen in der Kantine«, fragt die Mutter. »Hervorragend, ganz prima. Wenn ich einmal heirate, lasse ich mir das Hochzeitsessen von meinen Kollegen kochen«, antwortet der Sohn. Bei diesen Worten verschwindet gerade das letzte Stück Roulade in seinem Mund. Sie muss nun nicht mehr überlegen, ob das Gericht auch noch für den nächsten Tag reicht. Ein Bundeswehrsoldat, der in der letzten Nacht gerade eine Verteidigungsübung kurz hinter Schlamersdorf erfolgreich abgeschlossen hat, der hat eben Appetit.

Zeit der Füchse

Der Fuchs schaut mit listigen Glasaugen durch die Scheibe. Er hängt form- und farbschön um den Ausschnitt eines Kleides in den satten Herbstfarben. Die neue Mode lockt. Aber so rechte Freude vermag sie noch nicht zu verbreiten, obgleich dieser Fuchs ganz besonders hübsch um den Hals der Schaufensterpuppe geschlungen ist. Die Sonne scheint noch warm und wohlig auf den Rücken, nachdem sie sich während der Sommermonate so rar gemacht hatte. Wer mag da schon freiwillig an das Kürzerwerden der Tage und das Längerwerden der Dunkelheit denken. Schön sind die Gärten, ist der Markt mit den Äpfeln, Pflaumen, Zwiebeln, Weintrauben und Blumenständen, dick voller Astern.

Statt der Märchenstunde beginnt im Dämmerlicht des Abends die Stunde der Kataloge. »Mutti, das ist die tollste Jacke, die man je gesehen hat«. Nackt und bloß ist das arme Mädchen fast, und die Mutter muss einsehen, dass die tollste Jacke der Welt unbedingt bestellt werden muss, damit nicht etwa der Bekleidungsnotstand ausbricht. Wo es doch in Kürze draussen ganz kalt sein wird. Ganz anders der Sohn. Was kümmert ihn Bekleidung, dafür hat er Mutter und Großmutter. »Fotoapparate, Computer. Mutti, nun sieh doch mal, sind die nicht großartig?« Bei dem Blick auf die Preise vergeht der Mutter die freudige Zustimmung. Sie denkt über den ersten Dorfball im Oktober nach, den Auftakt der Wintersaison. Eine Einladung liegt bereits auf der Kommode. Welchen

Kleidertipp kann man aus dem Katalog entnehmen. Reichen die alten Bestände in neuer Zusammensetzung oder ist eine Neuanschaffung erforderlich? »Gebt mir doch einmal den Katalog«, fordert sie.

Sie wollen noch keinen Winter, hängen an den letzten Sommersonnenstrahlen. Aber ihre Gedanken sind schon weiter, sind schon bei den kälteren Tagen und Nächten. Bei den Zeiten der Feste. Und ein Kostüm oder Kleid mit Fuchspelz hat immer schon die Frauen geschmückt im Winter, nicht nur in diesem Jahr.

Von der Schöpfung Krone

Seit der Erschaffung des Adam hängt man uns das an, der Mann sei die Krone der Schöpfung und wir lediglich ein Produkt einer Rippe, so ganz nebenbei hergestellt. Weil der Adam ja irgend etwas zu seiner Gesellschaft haben musste und wegen der Vermehrung.

Die Männer sind mit dieser Rangordnung durchaus einverstanden. Man merkt es schon bei der Geburt eines Knaben. Der Stammhalter ist da, wird laut verkündet, der Zufall als eigene Leistung hingenommen. Niemand kommt auf die Idee, zu sagen: »Ich habe jetzt fünf Töchter und damit die außerordentliche Chance, fünf tüchtige Erdenbürgerinnen zu bekommen.« Manche Länder haben auf diesem Gebiet raue Sitten. Die Mädchen werden nach der Geburt als überflüssige Esser ganz einfach getötet, falls man sie nicht zu einem günstigen Kurs verkaufen kann. – Welch ein Segen, dass wir nicht in so einem Land in die Welt gesetzt wurden. –

Die Überzeugung von der männlichen Wichtigkeit scheint schon in der Erbmasse verankert zu sein. Mein Sohn hat mich einmal darauf gebracht. Er saß mit einer Menge kleiner Hölzchen am Küchentisch und baute irgendwelche Phantasiehäuser. Ich sollte ihm dabei helfen, stellte mich aber zu ungeschickt an. »Mami«, sagte er darauf, »wenn du erst ein Mann bist, dann kannst du das auch.« Ich habe mich still verdrückt ohne ihm zu verraten, dass ich wegen meiner natürlichen Veranlagung diesen Zustand nie erreichen werde.

Der Mann ist nach seiner eigenen Überzeugung das einzige Wesen, das logisch denken kann, wenn er auch in seiner Logik oftmals zu den seltsamsten Ergebnissen kommt. Trotz seines außerordentlichen Scharfsinnes ist es ihm bisher nicht gelungen, sich auch nur etwas annähernd Gleichwertiges als Ersatz für eine Frau auszudenken. Darum gibt es für uns keinen Grund zur Beunruhigung. Außerdem ist es immer noch so, dass alle Männer irgendwann einmal von Frauen auf die Welt gebracht und aufgezogen wurden.

Die Umwelt soll ja den Menschen formen. Sehr bedeutende Männer hatten oftmals gescheite Frauen, die ihnen behilflich waren, diese Bedeutung zu erreichen. – Laut Geschichte! – Unter Frauen sei geflüstert, dass – wiederum laut Geschichte – es hin und wieder sogar bedeutende Frauen gegeben haben soll, alle paar hundert Jahre einmal.

Sobald ein Knabe das Licht der Welt erblickt, fängt die Mutter an, ihn für den Kampf mit der Umwelt zu stärken. ihm Selbstvertrauen einzuflössen, ihm einzureden, wie dankbar die Welt sein muss, ihn als neuen Erdenbürger zu bekommen. Wie kann es darum eine Frau je fertig bringen, einem erwachsen gewordenen Knaben, eben einem Mann, diese Illusion zu zerstören. Und damit ist wohl die Krone der Schöpfung irgendwie gerechtfertigt.

Die Glücksritterin

Gerade hat sie den letzten Schluck Kaffee getrunken. Und nun kann sie mit ihrem Tagewerk beginnen. Aber halt, das Radio ruft sie zurück, vielmehr das tägliche Horoskop. Und ohne das Horchen auf die Zeichen der Sterne kann der Tag so recht nicht beginnen.

Nun weiß sie es genau, es ist nicht günstig, sich heute über das rechte Maß in den Vordergrund zu schieben. Der Partner könnte das übel vermerken. Sie will es auch gar nicht, sie will im Garten Unkraut hacken, und das Beet liegt hinter dem Haus. Aber das Glück, das könnte ihr schon einmal außerordentlich lächeln, z.B. beim Lottospiel. Seit Jahrzehnten gehört sie mit Freunden einer Lottogemeinschaft an. Hauptgewinn bisher 5,-- EURO für 10 Personen. Oder bei der Klassenlotterie, da gibt es die allerhöchsten Chancen. Jedenfalls laut Prospekt. Da wimmelt es förmlich von Millionengewinnen. Vielleicht sollte sie dort einmal mitmachen. Wer nicht wagt, der nicht gewinnt.

Einmal war sie mit ihrer Freundin in Monaco, mit einer Busgesellschaft. Im Spielkasino, wo die vielen Spielautomaten stehen und Spieltische. Zwei Franc-Stücke lagen dort, ganz verloren, in der Mulde eines Spielautomaten, in die im Erfolgsfall die Hauptgewinne rieseln. Das war er, der Wink des Schicksals. Sie überlegte nicht lange, ließ die Münzen im Schlitz des Spielautomaten verschwinden. Und dann, dieses unbeschreibliche Gefühl, es klingelte und klipperte.

Ein Münzstrom ergoss sich in die Auffangmulde des Automaten. Sie stopfte, mit beiden Händen, Franc-Stücke in ihre Jeanstaschen. Jetzt aufhören, das wäre Größe. Die hatte sie aber nicht. Es war ja noch nicht der Hauptgewinn. Und so verschwand Münze für Münze zurück in den Automaten. Wie gewonnen, so zerronnen.

Es ist schon ein besonderes, aufregendes Erlebnis, das Spiel mit dem Glück. – Nur, was ist Glück überhaupt, denkt sie so vor sich hin. Etwas, auf das man sich verlassen kann? Vielleicht nur das, was mit eigener Kraft, eigener Arbeit verdient und erwirtschaftet wird? Und sie ist mit diesen Gedanken ganz zufrieden. Natürlich wird sie auch weiterhin beim Kaffeetrinken dem Rat der Sterne lauschen. Aber verlassen will sie sich auch in Zukunft lieber nicht darauf.

Wo geht's zum Lübecker Flughafen

Reisen per Flugzeug gehört heute zu den Alltäglich-
keiten, auch wenn es von ganz vielen Menschen so
nicht gesehen wird. Die ganz junge Generation, die
schon als Baby kostenlos mit geflogen ist in die Ur-
laubszentren im Mittelmeerraum, die reist angstfrei.
Die ältere Generation, inzwischen Mallorcaerprobt,
hält sich nicht mit Angst und Bedenken auf, sie will
ihren Platz an der Sonne. Aber die heutigen Leis-
tungsträger und -trägerinnen, die schütteln sich häu-
fig bei dem Gedanken, in ein Flugzeug steigen zu
sollen. Lieber brettern sie mit ihrem Pkw über die
vollgestopften Autobahnen. Dabei ist eine Flugreise
doch so schön und interessant. Du steigst hier bei
schlimmstem Schmuddelwetter in deinen Flieger und
bist nach drei oder vier Stunden auf einem anderen
Stück Erde, Sonnenschein inbegriffen, der schiere
Wahnsinn. Aber wenn du ab Schleswig-Holstein
reisen möchtest, dann hast du deine Probleme. Wo
willst du starten. Ab Kiel etwa. Das wollen wir ganz
schnell vergessen. Dieser Zug ist abgefahren. Was soll
unsere Hauptstadt auch mit einem Verkehrszentrum
wie einem Flughafen. Wo doch alle wichtigen Wirt-
schaftsinstitute, Bank- und Versicherungszentralen,
der Genossenschaftsverband von Raiffeisen längst in
Richtung Hannover abgewandert sind. Aber Lübeck,
das ist unser Flughafen der Zukunft. Wenn auch die
notwendige Startbahnverlängerung sich wegen einer
Kranichbrutstätte etwas verzögert hat. Lübeck Air-
port, das hat was. Also von Wankendorf fahren wir

in Richtung Segeberg. Die Baustellen an der gesamten Strecke sind schon sehr hinderlich. Es fehlt auch jede Ausschilderung zum Flughafen, aber die Richtung wird schon stimmen. Der Bau der Rehleinbrücke, der geht zügig voran. Ob das Wild ein Hinweisschild erhält, damit es diesen Überweg dann auch benutzt? Bei den übrigen Baumaßnahmen, da geht es eher zögerlich zu. Sicher fehlt das Geld in Kiel. Der Stadtrand von Lübeck ist erreicht. Immer noch kein Hinweisschild in der Stadt. Du sollst dich irgendwie Richtung Universitätskliniken halten. Aber nicht auf der falschen Fahrspur, nimm doch die richtige Bahn. Und dann, fast bist du vorbei geschossen, der klitzekleine Hinweis »Flughafen Blankensee«. An Vorgärten vorbei geht es weiter, bis du irgendwann an einem riesigen Parkplatz landest. Und dahinter das Flughafengebäude, eine Art Werkhalle im Containerstil, eher wie eine Maschinenfabrik. Aber innen drin findest du tatsächlich undeutliche Hinweistafeln für An- und Abflüge. Mit deinem Flugticket gelangst du ohne Probleme durch die Kontrolle und kannst deinen Flieger zu Fuß erreichen. Nach einem Zwischenstopp bist du dann auf dem supermodernen Flughafen Antalya/Türkei. Was eigentlich nicht angehen kann. Denn dieses hinterwäldsche Land kann doch unmöglich eine so supertolle Flughafenanlage schaffen. Das passt nicht in unser Bild. Vielleicht wurde es von der EU gesponsert. Aber noch gehört dieses Land doch nicht dazu. Ganz anders als Deutschland. Sollten die Türken etwa vor uns begriffen haben, dass man in Touristengebieten nur mit optimalen Verkehrsanbindungen und viel Dienstleistung Arbeitsplätze schaffen kann? Sonst bleiben die Touris als Arbeitsplatzbeschaffer nämlich weg. Übrigens soll es ab Flughafen Lübeck die Möglichkeit geben, über die Autobahn in Richtung Segeberg zu kommen. Die Ausschilderung fehlt aber selbstverständlich noch.

Fahrradwege überall

Seit Ende August dümpeln sie wieder wie kleine leuchtende Segler auf den Wegen und Bürgersteigen neben den Autostraßen. Die Schulanfänger auf dem Fahrrad, ausgestattet mit bunten Sturzhelmen und kleinen Fähnchen am Gepäckhalter. Jetzt, da es morgens und abends schon schummrig ist und das Dämmerlicht die Sicht der Autofahrer erheblich einschränkt, sind es die Lichträder neben der Straße, die auf Kinder hinweisen, die mit dem Fahrrad unterwegs sind. Und jeder Autofahrer ist gut beraten, seine Bremse zu betätigen und sich an diesen Lichträdern, Leuchtplaketten, die sich mit den Speichen mitdrehen, vorbei zu schleichen. Denn nicht überall schützen Fahrradwege Kinder und Autofahrer vor einander. Dabei ist Schleswig-Holstein ein Flächenland, für das Fahrradewege, wie in Holland, längst Pflichtaufgabe sein sollte. Schleswig-Holstein, das mit seinen schönen, verschiedenen Landschaften und wenigen Industriearbeitsplätzen nicht nur ein Fahrradland für Kinder, sondern auch für Urlaubsgäste ist.

Um Urlaubsgäste langfristig zu halten, ist es im härter gewordenen Wettbewerb mit anderen schönen Urlaubsregionen wichtig, gezielt mit Besonderheiten und Vorhaben werben zu können. Und da bietet sich unsere abwechslungsreiche aber doch verhältnismäßig ebene Landschaft für Urlaubsgäste mit strapazierten Stadtlungen als Fahrradland geradezu an. Es ist nur dringend erforderlich, unser Land wie mit einem Spinnennetz mit Fahrradwegen flächendeckend auszustatten. Sozusagen als Investitionsprogramm für die Schleswig-Holsteinische Fremdenverkehrsindustrie.

Bei unserer industriemäßigen Randlage können wir es uns nicht leisten, auch nur auf eine einzige Möglichkeit zur Schaffung von Arbeitsplätzen zu verzichten, wenn wir nicht zu einem in sich selbst versinkenden stillen Ländchen werden wollen. Gerade in ländlichen Regionen weiß man, wie wichtig der Erwerbszweig Fremdenverkehr inzwischen geworden ist.

Dornröschen achtzig

»Dornröschen, schlafe hundert Jahr....«, singt die Fee. Aber das Dornröschen dort am Tisch mit dem kleinen Krönchen auf dem Kopf ist zwischen 80 und 90 Jahre alt, schläft nicht, sondern betrachtet sich schmunzelnd das närrische Treiben um sich herum. Fasching im dörflichen Altenheim, farbig dekorierter Raum mit Papierschlangen, buntem Schnick – Schnack, Pappgesichtern. Heimbewohner und Personal haben sich wild verkleidet. Ein Musiker spielt Schunkellieder und Tanzlieder, die jeder kennt und mitsingen kann, falls er nicht mehr in der Lage ist, selbst das Tanzbein zu schwingen. Die Bowle ist leicht und schmackhaft, man freut sich mit einander. Man genießt diesen bunten Abend als willkommene Abwechslung.

Ganz alte Leute sprechen wenig über Krankheiten und Beschwerden, die haben sie meistens sowieso. Sie sprechen lieber über Dinge, die ihnen Freude bereiten. Man kann mit ihnen von Herzen fröhlich sein und unkomplizierte Feste feiern. Und wenn man sich die Dornröschen, Trapper, Seeleute und Cowboys betrachtet, kann man nur hoffen, dass man im Alter zwischen 70 und 90 Jahren selbst noch in der Lage ist, sich so auf eine Gemeinschaftsveranstaltung einzustellen.

Wie traurig steht es da um die Menschen, die eigentlich noch mitten im Leben stehen, aber schon den Anschluss an ihre Umwelt verloren haben. Die verzweifelt ob ihrer Einsamkeit sind und ihre Mitmenschen und Alltagserlebnisse kaum zur Kenntnis nehmen. Die an einer Gemeinschaftsveranstaltung teilhaben möchten, aber doch im letzten Moment absagen, weil dieses oder jenes einem nicht gefallen könnte – eventuell. Die dank ihres eigenen Wenn und Abers das Mitmachen frühzeitig verlernt haben. – Halten wir uns lieber an Dornröschen, 80 bis 90 Jahre alt, und hoffen wir, dass wir im hohen Alter selbst einmal ein so zauberhaftes, vergnügliches Märchenwesen auf einem Fest abgeben können.

Hoch lebe die Olympia

»Ratter, ratter, kling! Ratter, ratter, kling!« Das jüngste Familienmitglied hockt auf dem Fußboden vor einer alten Olympia-Schreibmaschine, haut auf die Tasten und lässt dann den Wagen mit »kling« zurück sausen. Das ist Omas alte Schreibmaschine. Er darf damit spielen. Sein Vater hat schon damit gerattert. Seine Großmutter braucht eine Schreibmaschine. Sie bereitet sich damit auf Versammlungen vor. Jetzt hat sie einen Computer, der aussieht wie ein Spielzeug. An diesen darf ein kleiner Junge nicht heran, auch nicht mit dem kleinsten Finger.

Was »Versammlungen« sind, weiß der Knirps nicht. Er weiß nur, dass Oma oft sitzt und schreibt. Die ganze Familie weiß es. Und dann sagt sie: »Tschüß, ich fahre jetzt zur Versammlung.«

Großmutter trifft sich mit anderen Großmüttern, seit fast 30 Jahren. Anfangs waren sie natürlich junge Frauen. Sei reden über Vereinsangelegenheiten, über Geld für die Vereine, über Hilfen für Flüchtlinge, über Kindergärten und neue Gesetze. Aber sie diskutieren nicht nur, sie treffen Entscheidungen. Es sind ernsthafte Gespräche mit sachkundigem Hintergrund. Sie arbeiten freiwillig, sie erhalten kein Geld, keine Altersversorgung dafür.

Es ist ihr ehrenamtlicher Beitrag zum Gemeinschaftsleben und zur Demokratie. Denn sie haben noch gelernt und gesehen, dass Demokratie etwas ist, was man selbst gestalten muss und selbst bestimmt, wenn man etwas bewegen will. Sie haben erfahren, dass man durch Mitarbeit etwas erreichen kann.

Nachdenklich stimmen immer lauter werdende Rufe, dass ehrenamtliche Tätigkeit durch nichts zu ersetzen ist. Dass die Gemeinschaft nicht darauf verzichten kann, wenn die dörfliche Kultur nicht zusammen brechen soll. Leider ist es doch so, dass in guten Zeiten der Gemeinsinn etwas weniger gut funktioniert und die Freiwilligkeit doch besser die Anderen erledigen.

Vielleicht hat der liebe Gott, den wir immer so leicht verantwortlich machen für alles Schlechte auf der Erde, in diesem Falle ein Einsehen. Er erkennt, da plagen sich die älteren Damen über Jahrzehnte. Denen verleihe ich das ewige Leben. Und damit sind dann alle Gemeinschaftsprobleme gelöst und die Ehrenamtlichkeit ist für Jahrhunderte gesichert.

Die Sonnenblumenernte

»Das Geld liegt auf der Straße«, sagte Friedrich vor Jahren. Damals sammelten seine Söhne gerade mit Erfolg Weinbergschnecken. Später rechnete er ihr einmal vor, wie viel Geld ein Beet Petersilie ihm eingebracht hatte, nämlich 78,-- DM. In Bündeln hatte er sie nach Hamburg gefahren und an Hausfrauen direkt verkauft.

Das ganz große Geschäft kam an einem Wochenende. »Sag deinem Mann, er soll mit dem Lastwagen um 6.00 Uhr bei uns sein. Wir müssen noch Wannen und Kannen aufladen. So leicht verdient sich Geld eben nicht«, gab Friedrich ihr noch am Telefon auf. Sie überbrachte die Nachricht pflichtgemäß.

Friedrich hatte in diesem Jahr ein Stück Land mit Sonnenblumen abgesät. Sie sollten auf dem Kieler Wochenmarkt verkauft werden.

Um 5.00 Uhr klingelte der Wecker. Ein Marktfahrer muss ein ordentliches Frühstück haben. Also auf zum Kaffeekochen. Auf Zehenspitzen, um die Kinder nicht vorzeitig zu wecken. Was natürlich nicht gelang. In Vaters leerem Bett erwarteten sie putzmunter die Rückkehr der Mutter. Sie wollten mit ihr spielen, bis der Wecker für sie alle klingelte.

Vater war inzwischen längst auf Sonnenblumenverkaufsfahrt. Mit dem Lastwagen und Wannen und Kannen und einer Menge langstieliger Sonnenblumen, die viel Wasser gebrauchen. Sonst werden sie welk. Mit von der Partie waren neben Friedrich noch sein Sohn Friedrich der Kleine und ein Sommergast aus Essen, ein wahres Verkaufsgenie. »Ohne ihn wäre es bestimmt schwer gewesen, Blumen loszuwerden.« sagte Vater bei seiner Rückkehr am Sonnabendnachmittag gegen 15.00 Uhr. Immerhin, für jeden von uns ein Verdienst von 30,-- DM.« Und auf den etwas fragenden Blick seiner Ehefrau folgte der rasche Zusatz:«Na ja, zum Schluss wurden die Blumen welk, wir mussten sie praktisch verschleudern«. Ein Spießer, der da noch über Abschreibung und Verzinsung gesprochen hätte. Schließlich handelte es sich um ein einmaliges Saisongeschäft. – Die Kinder rechneten aus, wie viel Geld 1 Millionen Sonnenblumen gebracht hätten. Allerdings müsste sich für den Absatz einer solchen Menge Kiel erheblich vergrößern,. Friedrich plant inzwischen sein nächstes großes Geschäft, den Verkauf von Weihnachtsbäumen. Zum Glück will er die erst noch pflanzen.

3 x Eis mit Sahne

Ein wunderschöner, sonniger Sommertag, dieser Jubiläumstag im Altenheim des Dorfes. Seit 25 Jahren Heimstätte für die alten, pflegebedürftigen Mitbürger der ganzen Umgebung. Im Garten gibt es Zelte und einen Grill und einen Getränkestand und einen Eiswagen und viele Heimbewohner in Rollstühlen.Einige von ihnen haben sogar die wenigen Schritte aus ihren Zimmern in Begleitung ihrer Betreuer noch alleine geschafft es werden Jubiläumsreden gehalten. Die Vertreter der Kommunalpolitik sind froh, dieses schöne Haus im Zentrum des Dorfes zu haben. Als Betreuungseinrichtung, als Arbeitsplatzlieferant, als Wirtschaftsfaktor.

Sie gehört zu den Rednern, zu den Offiziellen, sie fühlt sich diesem Haus seit seiner Entstehung eng verbunden. Aber nun, da alle aufgetragenen Grüße überbracht sind, kann sie sich umsehen in diesem schönen Garten, der heute von Menschen gefüllt ist. Sonst ist es mehr ein schöner stiller Garten. Sie spricht mit Käpten Meyer, dem Alleinunterhalter, der von den alten Leuten so geliebt wird, weil er immer wieder die alten Seemannslieder und Schlager singt, die sie alle aus ihrer Jugend kennen.Sie flüstern dann die Texte mit. »Ein Eis wäre jetzt schön«, denkt sie und geht zum Eisstand. Sie holt 3 x Eis mit Sahne, einmal für sich und zweimal für die beiden alten Frauen unter dem Zeltdach, die dort ganz still in ihren Rollstühlen sitzen. »2 x Eis mit Sahne, bitte schön«, sagt sie und stellt ihnen die Eisschälchen hin. Zwei Augenpaare schauen sie ganz ruhig an, kein Wort wird gesagt. Lecker, dieses Eis, sie löffelt mit Genuss. Dann schaut sie zu ihren Nachbarinnen hinüber. Und dann schämt sie sich. Eine der beiden alten Frauen macht den Versuch, mit ihrer Hand den Löffel zu erreichen. Sie bewegt die Finger, schiebt den auf dem Tisch liegenden Handballen ein wenig in Richtung Eisschälchen. Sie erreicht den Löffel nicht. Die andere alte Frau schafft überhaupt keine Bewegung, sie schaut nur fasziniert auf die Eisschale vor sich. »Schlaganfall«, denkt die Offizielle, die das Eis geholt und es doch nur gut gemeint hat. »Schlaganfall, keine Worte mehr, keine Eigenbewegung. Nur noch die Augen, die einen Wunsch ausdrücken können«. Jetzt geht alles ganz schnell. Sie schluckt ihr Eis hinunter und schiebt ihren Stuhl an den Tisch der Nachbarinnen. »Möchten Sie das Eis essen?«. Antwort erwartet sie nicht. Sie matscht Frucht-Vanilleeis und Sahne zusammen, damit es keinen Eisklumpen gibt und füllt den Löffel. Ganz einfach geht es jetzt, wie früher, als ihre Kinder klein waren. Die Münder gehen auf, das Eis verschwindet darin, Löffel für Löffel. 3 mal Eis mit Sahne, ganz lecker, sie haben es jetzt alle Drei genossen. Es hat schon seine Tücken, das Leben, wenn man mit Hilfe einer guten Medizin so alt wird. Und die Heime sind voll mit pflegebedürftigen Menschen, die den Eislöffel nicht mehr erreichen können. Die Pflegerinnen und Pfleger leisten unermüdlich ihre Arbeit, mit großer Freundlichkeit. Werden oft noch beschimpft. Aber ihre Zeit reicht nicht. Es wäre schön, wenn ab und zu ein paar Helfer auftauchen würden, freiwillige Helfer, die so kleine Dienste wie Eislöffeln oder Spazieren fahren übernehmen könnten. Denn die Verpflichtung auf Gegenseitigkeit zwischen alten und jungen Familienmitgliedern bleibt bestehen, auch wenn die Heimstätte inzwischen das dörfliche Altenheim ist. Und gäbe es sie nicht, die Fürsorgepflicht auf Gegenseitigkeit zwischen Alt und Jung, dann könnte man sich ab sofort vor dem medizinisch gestützten Altwerden so richtig fürchten.

Keine Angst vor der Angst

Es gibt einen Film, den ich immer wieder anschaue. Der Titel lautet:«Angst essen Seele auf«. Er handelt von einer »unmöglichen« Liebesgeschichte zwischen einer alternden Frau und einem viel jüngeren Mann ausländischer Herkunft. Anstatt dieses späte Glück zu genießen, entwickelt die Frau Berge von Ängsten vor ihrem täglichen Umfeld. Auf behutsame Weise macht der junge, freundliche Partner ihr klar, dass nur sie selbst für sich entscheiden kann, was für sie gut ist und dass es für Glück keine Norm und kein Zeitmaß gibt. Denn »Angst essen Seele auf«, das Zulassen der Angst blockiert am Ende jedes Gefühl und jede Lebensfreude. – Jeder Mensch hat in sich Ängste. Sie stammen noch aus unserer Urzeit, als die Menschen in Urwäldern lebten und sich vor Wildtieren und Überfällen feindlicher Stämme schützen mussten. Jetzt scheinen wir wieder in diese Urzeit zurück gefallen zu sein. Zumindest wenn wir morgens unsere Tageszeitung aufschlagen und unser Abendprogramm mit den Schreckensnachrichten im Fernsehen beginnen. Die ganze Welt ist danach ein einziges Chaos. Mord und Totschlag gehören zur Tagesordnung. Friedliche, fleißige Bürger, die ihre Kinder ordentlich versorgen und sich selbst Tag für Tag um den Unterhalt ihrer Familien kümmern, scheint es nicht mehr zu geben. Es werden nur Arbeitsplätze abgebaut. Es gibt aber keine jungen, mutigen Unternehmer, die sich selbständig gemacht haben. Die notwendige Umstrukturierung der Altersversorgung und der Krankenversicherung sind der Tummelplatz von Schwätzern, die auch einmal einen Kommentar im Fernsehen abgeben möchten.Selbstverständlich ist der Kommentar unausgegoren, er wird am nächsten Tag widerrufen. Die Menschen werden Tag für Tag den Gespenstern in Wort und Bild ausgeliefert. Dabei sind wir ein großes, zivilisiertes Land mitten in Europa, dass gerade eine friedliche Revolution hinter sich hat, die Vereinigung zweier Deutscher Länder, eine Revolution ohne Blutvergießen. Ein Lehrstück für andere Völker, die ihre ganze Kraft und viel Geld darauf verwenden, sich gegenseitig umzubringen. Wir könnten uns darüber freuen, wenn uns die Angstmacherei nicht total klein machen würde. Diese Beispiele lassen sich endlos fortsetzen. »Angst essen Seele auf«. Dagegen sollten wir uns verwahren!!!!!!

Prinzessin Katharina
reist ans Schwarze Meer

»Ich bin die Prinzessin Katharina«, sagt das kleine Mädchen zu seiner Großmutter…Mit dieser Entscheidung stellt das Kind auf seine Weise die Verbindung zu Dornröschen, Schneewittchen und anderen Märchenprinzessinnen und seinem kleinen Leben her. Und jetzt gehen sie auf Reisen, die Prinzessin, ihre beiden großen Brüder und die Großmutter. Ans Schwarze Meer nach Bulgarien wollen sie. An den Goldstrand. Die Prinzessin ist von diesem Wort sehr beeindruckt. Im Gepäck hat sie einen Rucksack voller Kuscheltiere und einen kleinen Barbiepuppen-Koffer mit ziemlich nackigen Puppen. Die Großmutter kommt sich ein bisschen vor wie auf einer Expedition. In diesen Zeiten zu reisen mit zwei halberwachsenen Jungen und einem kleinen Mädchen. Aber schon am Flughafen löst sich die Spannung, alle Mitreisenden wollen in den Urlaub und sind guter Stimmung. Flugangst, die Kinder kennen das nicht. Die Großmutter erläutert dem Kind, wie der Flugkapitän das Flugzeug über die Wolken rumpeln lässt bis in den hohen, ruhigen Himmel. Und beim Herunterkommen wird dann geklatscht, weil der Flugkapitän das so gut gemacht hat. –

Eine warme, sanfte Herbstsonne liegt über dem Schwarzen Meer und dem Goldstrand. Die Touristenschar ist jetzt zum Saisonende ganz klein geworden, die Verkaufsbuden an der Promenade locken mit Sonderangeboten. Bei sowieso schon niedrigen

Preisen. Der sommerliche Strandrummel ist vorbei, dafür ist die Betreuung der Gäste sehr aufmerksam und voller Freundlichkeit. Das Kind hat sofort die Verbindung hergestellt zu den Zimmerfrauen. Die Kuscheltiere werden jeden Tag umdekoriert, sehr zur Freude des kleinen Mädchens. Die Großmutter unterhält sich mit dem freundlichen Frauen, die ihr und den Kindern das Leben so angenehm machen. Die Arbeitszeit beginnt um 6.30 Uhr und endet um 17.oo Uhr. Sicher sind Arbeitsplätze im Tourismus in einem armen Land wie Bulgarien sehr gefragt. Die Prinzessin bewegt sich im Hotel so ungezwungen wie in ihrer Alltagswelt. Wie einfach haben es Kinder doch, sich in einer fremden Umgebung zurechtzufinden. Vielleicht sollten sich Erwachsene ab und zu an ihre Kindheit erinnern, bevor sie sich von den Ängsten erdrücken lassen, die ihnen die tägliche Schreckensberichterstattung aufzwingen. Auch in anderen Ländern wohnen Familien, die sich nichts anderes als Frieden und ein gutes Auskommen wünschen. Eben einen kleinen Platz an der Sonne. Und dabei sollten die Gedanken zu den Müttern und Kindern gehen, die sich auf der Flucht befinden und nicht wissen, wie sie den bevorstehenden Winter überleben können. Auch sie möchten leben auf dieser so wunderschönen Erde.